문동文童이들의 귀향

*각 부별 작가명 가나다 순으로 수록함

보리회 내 문학의 요람

문동文童이들의 귀향

김원일 김주영 홍상화

오양호 유만상 박덕규 외

개미

　우리는 다시 산넘이 고향으로 간다. 해도 늙은 긴 세월에 동구 앞길 하마 우릴 잊었겠으나 청라언덕 지나 하얗게 바랜 그 낡은 집 찾아 다시 고향으로 간다. 짜개바지 동무 초롱초롱한 눈망울 배반이 입신의 길이 아니라 타향의 실존에 시달릴 병인 것을 깨달은 문동文童이들, 서책 행리 꾸려 이제 돌아간다.

　이 해 늦은 귀향에 묻힌 보리회 내력을 이참에 조금 일러둔다.

　1986년 12월 글쓰기에 진둥한둥하는 경상도 출신 문인 몇 사람이 나서서 '보리회'를 만들었다. 출판인, 기자 등도 함께 해 친목을 다지기로 했다. 기업 홍보실 등 일자리도 소개하고 서로 작품 읽고 격려도 하며 타향살이에 고향 사람들 만나 회포도 푸는 모임이었다. 한때는 80명 가까이 모인 적도 있었다. 먹고 마시고 얘기 나누는 것을 재미로 삼았으나 점차 중의를 모아 결행된 것들이 꽤 있다. 작품집 발간, 문학기행, 귀향 세미나 등이다. 생명의 근원으로서의 고향, 그러니까 어머니, 나, 아들로 이어지는 생명의 뿌리에 대한 상상의 고리를 건강하게 엮는 그 장소감場所感 Sense of Place을 집단적으로 재생, 형상화하기로 했다.

　보리회 작품집은 주로 소설가들이 참여해 주었다. 역할의 주역은 보리회 회장을 십여 년 맡았던 젊은 날의 글 선수 박덕규였다. 첫 작품집은 작가들이 처음 쓴 소설이거나 등단작을 모은 『젊은 날의 일기』(대림기획.

1991.4)다. 반응이 좋아 같은 해 11월에 두 번째 같은 형식으로『추억의 노래』를 냈다. 4년 뒤 각 작가들의 대표작이라 할 만한 작품의 밑그림이 된 단편 모음『우리시대 화제작의 밑그림 소설』(삼인)도 출판했다.

그때 한창 문명이 치솟던 김원일과 이문열은『젊은 날의 일기』'서문'에서 "우리들은 서울이라는 타향에 와 사는 작가들로서 적지 않은 회동을 통해 서로 자라온 지난날을 얘기 나누며 오래 우정을 이어온 터입니다. 추억이란 묘한 것이어서 (…) 그 추억 이야기를 한 자리에 모아 오늘날 고향을 잃고 방황하는 젊은 세대를 위해" 문집을 만든다고 했다.

두 번째 작품집『추억의 노래』도 편집 성격이『젊은 날의 일기』와 다르지 않다. 이 작품집의 바닥에는 등단의 꿈을 키우던 문청의 정서가 지배한다. 그래서인지 김주영은 '책머리에'서 "번민과 갈등, 사랑의 아픔, 문학의 열병에 잠 못 이루던 젊은 시절의 소설들을 여기 꺼내놓는다. 어떤 것은 데뷔작이나 초기 발표작이기도 하고, 어떤 것은 교지나 학생지에 실었던 것을 이번에 재공개하기도 하고"라 했다. 정호승이 처음 쓴 소설「위령제」가《조선일보》신춘문예에 당선작이 되었는데 그 소설에의 열병이 자기에게는 왠지 부끄러워 시인이 되었다는 고백, 이채형이 '학원문학상'에 투고하여 우수작 2석에 들었던「기우제」재공개, 유만상이 신춘문예 최종심에서 낙방한 소설「사자의 박수」를 실으면서 술값 50만 원이 날아가 버렸다고 한 것이 그렇다.

세 번째 작품집『우리시대 화제작의 밑그림 소설』(박덕규, 하응백 엮음)은 김주영의「도둑견습」, 김원일의「절명」, 이문열의「나자레를 아십니까」와 같은 당대 인기 작가의 소설과 김준성의「무대 위의 의자」이상우의「광통교에서 조선으로 가는 길」홍상화의「겨울, 봄, 여름 그리고 가을」같은 문제 작가의 작품이 실렸다. 김주영, 김원일, 이문열은 놔두고, 작가의 출신부터 세인의 눈을 끌었다. 김준성은 부총리를 역임하고 '이수그룹'을 창업한 경세가이고, 이상우는 《스포츠 서울》의 신화를 창조한 언론인이며, 홍상화는 경제학을 전공하고 유학까지 했는데 소설을 썼기 때문이다.

보리회 회원은 경상도 북부지방 출신들이 많다. 김주영은 청송이 고향이고, 김원일은 경남 진영 출신이지만 그는 상주의 함창咸昌이 세거지고, 이문열은 영양, 홍상화는 안동 풍천, 오양호는 칠곡, 정소성은 봉화, 유만상, 이채형은 경주다. 한때 보리회 모임에 빠지지 않던 소설가이자 영화감독인 이창동은 안동이 연고지다.

보리회 회원 가운데는 영남 남인의 후예가 많다. 보학을 끌고 와 이리저리 캐는 것은 시대 정서와 멀지만 보리회 회원이 안동, 영양, 상주, 양동 등 경상도 사림士林의 후예가 많은 것은 사실이다. 이문열이 영남 남인의 거두 이현일李玄逸의 직계 후손이고, 한때 보리회 회원으로 활동했던 장상태는 독립운동을 하다가 옥사한 유림의 후예, 그러니까 인동장씨 장진홍張鎭弘의 친손자다.

영남 남인은 그 정신적 지주인 이황의 출생지인 안동을 중심으로 형성되었다. 지금은 TK 지역의 유교 문화, 전통 양반 정서를 지키며 그걸 미덕으로 삼는 보수층이다. 조선조 때 국론이 어지러울 때는 이 계층은 보리 문동이 이름으로 자주 집단상소를 올렸다. 경상도 주 농산물인 흔한 보리의 이름을 빌렸으나 그들은 흔하지 않은 도산서원, 병산서원, 옥산서원의 문동들로 재야 세력의 주체였다. 이런 성격은 현대에 와서 보리회 회원 이모 소설가, 김모 소설가 두 사람이 거대 여야 국회위원 공천심사를 하며 나라 일을 거드는 것으로 그 맥이 이어진다. 그러나 그 실세 진입 권유를 거절하고 문사의 자존심을 지킨 것은 조선조 보리문동들의 그 비판적 엘리트 의식의 내림 그대로다.

보리회의 뒷배를 봐주고, 회장으로 고향 문우들의 우의를 진작시킨 회원 몇 명의 행적을 이참에 말해둘 필요가 있겠다.

보리회를 크게 보살핀 사람은 김준성이다. 김준성은 김동리의 추천으로 문단에 나와 여러 권의 소설집을 출판한 이수그룹 창업자다. 그러면서 《21세기문학》《파라21》을 간행하며 문학이며 고향 후배들의 문학활동을 도왔다. 2001년 문화관광부, 한국문화예술진흥원이 후원한 보리회 주최 문인귀향 문학강연, '우리는 고향으로 간다. 고향 사람들과 만나는 나의 문학, 우리 문학'(2001.11.3~4)은 《21세기문학》의 적극 지원으로 대성황을 이룬 것이 그렇다. 칠복양말 사장에서 지점 규모였던 대구은행을 금융계의 성공사례로 만들고, 부총리를 역임했으나 『돈 그리기』 소설을 쓰던 김준성이 고향 대구를 톺아보아 그런 행사가 잘 치러졌다.

2대 회장 김주영은 역작이 숱하다. 그 가운데 『객주』가 높은 평가를 받는다. 이것은 '이희승 국어대사전'이 특정 단어의 예문을 『객주』에서 자주 인용하는 데서 단적으로 드러난다. 가령 '신둥거리다'(자동사): 토라져서 빈정거리다. "최가는 주모의 치마 아래로 넌지시 한 손을 집어넣었다. 그 손을 쑥 빼내 던지면서 주모가 신둥거렸다." "알거냥하다"(타동사): 모르면서 아는 체하다. "그러니 언사에 조심할 건 물론이요, 그와 연루된 모든 일에서 알거냥하지 말게." 정황이 이러니 그의 소설은 보리회의 이름과 함께 '길래'(김주영 『객주』) 남을 것이다.

초대 회장 김원일은 철저한 프로다. 이것은 그가 한국의 큰 문학상은 거의 다 받은 데서 증명된다. 그가 얼마나 열심히 살며 소설에 전력을 다했는가는 자전적인 작품 『마당 깊은 집』에 선명하게 나타난다. "문풍지 물어 내던 그 춥던 겨울밤을 떠올리면 그 마당 깊은 집 시절이 마치 겨울 밤하늘 바람 건너 천공에 걸린 등불이듯 쓸쓸하고도 다습게 회상된다."며 어린 동생을 잃는 슬픈 가족사를 통해 전쟁의 고통을 보여주는 것이 한 예다. 대구 시민이 김원일의 작품을 기려 소설 속의 신문팔이 소년의 상을 세우고, 그가 살던 약전골목의 집을 기념관으로 만들어 그가 대구 시민임을 자랑하는 것은 그의 이런 솔직하고 성실한 작가의 태도 때문이다. 형의 문명에 뒤질세라 많은 상을 받고 문명이 뜨르르한 김원우도 그 『마당 깊은 집』을 '책 읽기를 평생토록 나의 유일한 도락거리로 삼는 배경'이 되었다며 자랑하며 아낀다.

3대 회장 홍상화는 『거품시대』(조선일보. 1993.4~1994.6)로 한 시대를 검증했다. 우리시대의 화제작인 「겨울, 봄, 여름 그리고 가을」의 모티프를 확대 심화시킨 이 작품을 김승옥은 "줄거리가 어떻게 전개되고 있는지에 너무 집착하지 말고, 소설 속 대사와 지문을 통해 작가가 얼마나 우리가 살아왔던 시대를 빠짐없이 기록으로 남기려고 애쓰냐'에 관심을 가지라" 했다. 김윤식은 "『거품시대』의 저류에는 박정희의 목소리가 강렬하게 울리고 있다. 희곡 〈박정희의 죽음〉과 영화 〈젊은 대령의의 죽음〉이야말로 이 작품을 작품이게끔 한 작가의 밑그림이다"라 했다. 둘 다 『거품시대』가 세태소설로서 거둔 성취에 대한 평가다.

4대 회장 오양호는 회장을 하다가 회무를 총무 박덕규에게 맡기고 일년간 자기 본업을 하고(日·韓교류기금을 받고 교토대학 객원교수로 근무)돌아와 2001년 〈우리는 고향으로 간다〉 행사를 치렀다. 3년짜리 회장이지만 대구 두류공원에서 대구문인들과 함께한 문학 세미나, 달성공원 상화비와 청라언덕 탐방, 안동대학에서 연 근대문학 특강 등은 고향 문우·임도 보고, 문학·뽕도 따는 행사였다. 그리고 『젊은 날의 일기』와 『추억의 노래』 인세, 홍상화 전 회장의 특별 찬조를 받아 3천2백만 원이 든 통장을 5대 회장에게 넘겼으니 그 나름의 역할은 한 셈이다.

제5대 회장 정소성은 「아테네 가는 배」로 동인문학상을 받았고 『천년을 내리는 눈』은 장편소설의 서사구조를 하루 동안으로 제약하고 있는 문제작을 남겼다. 그런데 작가 의식이 더 성숙해질 연치에 역병 코로나로 세상을 떠나고 말았다.

제6대 회장 유만상은 문학기행을 많이 했다. 주요 행사를 정리하면 2006년 6월 정기모임 겸 '문학기행'을 무창포(홍상화 회원 초청), 해미읍성 등지에서 치렀고, 2007년 7월에는 보리회와 상주 숲문학회 공동주최(회장 장운기)로 '낙동강 원류 탐방 문학기행'을 했다. 2008년 10월에는 대구시 중구청 초청으로 '마당 깊은 집' 문학답사를 했으며, 2011년 6월에는 영주시 초청으로 김주영의 『객주』 조명을 위한 길 탐방을 했다. 그리고 2010년 11월에는 '전쟁문학으로서의 하근찬 문학조명' 세미나를 영천에서 개최한 뒤 경주, 포항으로 문학기행을 하면서 고향 문우들과 적조했던 정을 나누었다.

보리회에 대한 유만상의 애정은 특별하다. 회장을 4년간 하면서 총무 활동비를 사비로 주면서 보리회를 돌봤다. 그는 경주는 아무나 태어나는 곳이 아니라고 할 만큼 자기 고향을 자랑한다. 이번의 이 '해 늙은 귀향' 문집도 그의 남다른 우의와 수구초심이 회장단을 채근한 결과다.

7대 회장 박덕규는 초기부터 총무로 일해 온 보리회 중심 멤버로 온갖 살림을 도맡았고 기금을 잘 지켜 8대부터 회장단 체제(상임회장 유만상) 운영이 가능하게 했다. 특히 그의 인간적 친화력이 문학을 자극함으로써 장차 그의 역할은 더 커질 것이다.

이제 5월이 되면 보던 서책 다시 꾸려 행리에 담고, 우리는 다시 고향으로 간다. 해 늙은 산마루에서 솔잎 따 입에 물고, 출향이 문도文道를 이루는 길인 줄 알았는데 문학이란 다른 것이 아니라 고향으로 가는 먼 길이란 것을 깨닫고 고향산천의 앞에 이 문집 바칠 것이다.

　보리회 문집 4권에 수록된 회원 개개인의 작품에 대한 논의는 기회를 봐서 별고로 다룰까 한다. 문학사의 틈새에 놓여 있으나 가볍게 언급하고 넘어갈 수 없는 문제를 내포한 작품이 있고, 그 작가들의 위상 역시 그러하기 때문이다.

癸卯 4월

오양호(글) · 유만상 · 박덕규

차례

제2부

산문
아름다움의 이데아

제3부

초대 글
함께한 고향 문우들

시

산문

제4부

작고 문인
그립습니다

시

산문

/

제1부

우리 다시 만날 때까지

보리회

내
문학의
요람

시

고도를 기다리며
당산나무

김다호

[시인 · 대구]

고도를 기다리며 외

김다호

1

가라앉거나 떠오르는 것
높거나 낮은 것
떠나거나 보내는 것

세상, 세상
다 모른다고 말하기 전에
시작과 끝에 관심 없다면 한심하거나 무심할 것

2

기다림을 믿지 않기로 하면
다른 생각들은 깊은 유혹으로 자신을 혼돈하게 할 것

어떤 것도 처음부터 정한 것이 아니라고
변명하며 절댓값도 없는 기망이 가득 찬
무한의 신뢰를 던질 것

3

기다리는 것은
심중으로 갈구하는 소리를 어떤 시점에서
받아주는가를 인지하는 척도가 되지만
그것조차 동의한 볼멘소리

특별한 것은 처음부터 부재하다
막연히 무언가 기다려야 한다는 인식이 첫마디를 땐
어느 날, 흥금 없도록 조치한 시간을
단숨에 베어버릴 것 같은
날선 칼 한 자루 가슴에 깊숙이 품고
촌음의 시계를 보며
적당한 수신음을 기다려야 한다

이젠 모두가 끝났다고~

4

몇 번씩 고도高度의 깊이를 위안 삼아 불렀던
노래도 생각하며
흥얼거리는 틈새로 역행하는 시간

시작과 끝의 이유를 알거나 말거나
그냥 기다리는 것

당산나무
— 그림자7

그대 생각 무성한
고갯길 언덕 위에는 언제나처럼
오래된 나무 하나 홀로 지켜온 세월을 품고 있다
더불어 보고 듣고 경험한 것들이 쌓여 갈수록
속을 비워내어 거세고 힘든 것들로부터 지켜온 것을
꽃 피우고 꽃 피워서
숙명처럼, 이정표가 되어 서 있다

푸른 이끼가 스며든 나뭇잎 흔들리며
비린 바람이 젖어오는 산길을 따라가다가
짧지만 깊숙한 시선으로 마주치는 나무의 흔적들
곱고도 아린 말들이 죽었다 살아나기를 반복하여
골 깊은 상처가 되고 옹이가 되어서
그 이름 하나로 지켜 온 천년의 세월을 더하고
다시 천년이 지나가더라도
예나 지금이나 잊지 않고
변하지 않는다는 것 함께한다는 것

속 깊은 그대 그림자

시

주산지
하회에서

김수복

[시인 · 대구]

주산지 외

김수복

빈 공중에 저리도 서러운 가슴을 풀어
하늘의 가슴과 맞대어
몸을 들어 올리고
들어 올려
한겨울을 보냈을 것이다
그렇게 하늘의 가슴 한복판에서
모든 침묵을 탄생시켰을 것이다
온 하늘을 들어 올리고 올려 저 먼 옛날,
그 먼 옛날의 사랑의 뿌리를 심어놓았을 것이다

하회에서

죽도록 미워했던 바람조차도

희죽거리는 웃음으로 나를 바라본다

저 웃음 속

번개가 스쳐 지나갔겠지

천둥도 뒤이어 울렸겠지

시

우리 다시 만날 때까지
희미한 옛사랑의 그림자

김홍기

[시인 · 경산]

우리 다시 만날 때까지 외

김흥기

내 아버지 김태규는 1933년 호거산 아래 운문사가 있는 경북 청도군 화양읍 범곡리 134번지에서 호주 김상호의 아들로 태어났다. 내 어머니 송정희는 1931년 경북 경주시 화랑의 언덕이 있는 산내면 내칠리 586번지에서 호주 송태운의 막내딸로 태어났다. 우리집 장남인 영기 형은 1952년 4월 1일 만우절에 본적지인 청도군 화양면 범곡리 134번지에서 태어났고, 얼굴도 아무런 추억도 생각나지 않는 영숙이 누부야는 1955년 청도군 운문면 대천리 747번지에서 태어나, 병명도 모른 채 국민학교 1학년 때 대구동산기독병원 응급실에서 운명을 달리했다. 둘째 아들인 나는 닭띠 해인 1957년에, 첫째 여동생인 신혜는 1960년에 고모와 함께 살던 경북 경산시 삼북동 151번지에서 각각 태어났다. 지금은 은혜로 개명한 둘째 여동생 부활이는 1963년 4월에, 그림 잘 그리던 막내 여동생 지혜는 1965년 3월에 아버지가 뚱지게 지고 농민운동 하던 경북 칠곡군 지천면 신동 833번지 경일중학교 교장 사택에서 태어났다. 뒤늦게 막내 남동생 혁기가 1973년 2월 대전시 선화동 108번지에서 생겨났다.

큰형은 개인 사업을 할 때 형수 정은경을 만나 결혼하고, 효녀 효자인 장녀 동산과 개성 있는 차녀 수산 그리고 외아들 강산을 낳았다. 둘째인 나는 간신히 오성덕을 중매로 만나 결혼해서 착한 장남 산과 씩씩한 차남 민 두 아들을 낳아 목메달이 되었다. 첫째 여동생도 중매로 매제 김기령을 만나 성격이 매우 다른 두 아들 성혁과 성윤을 낳았다. 둘째 여동생은 역시 안택윤을 중매로 만나 공부 잘하는 딸 민아와 발라드를 잘 부르는 뉴요커 가수 민수를 키웠다. 셋째 여동생 지혜는 같은 병원에 근무할 때 정배연을 만나 성격 좋은 큰딸 유진이와 미국 유명 대학의 연구소 연구원으로 근무하는 둘째 딸 예진이를 낳았다. 막내 남동생은 대학 시절 연극반에서 격정만리 주인공일 때 만난 의상과 후배 조윤진과 혼인해서 두 아들 윤과 단을 낳아 잘 양육하고 있다.

지금 우리 형님은 서울시 서초구 서래마을에
나는 서울시 용산구 이태원 인근 동빙고동에
첫째와 막내 여동생은 경기도 용인시에서 거주하고 있다.
둘째 여동생은 서울시 광진구 광장동에서
막내 남동생은 서울시 강남구 대치동에서
가끔 흩어지고 모이면서 각각 살고 있다.

2008년 12월 27일 서울아산병원 82병동 52호실에서
하나님의 부르심을 받은 내 어머니 송정희 사모는
경기도 안성시 유토피아 추모공원에서 오늘도 하루 종일
3남 3녀를 생각하며, 기도하다 지쳐서 쓸쓸히 잠들어 계신다.
책 좋아하는 내 아버지 문량 김태규 목사는
최근 여러 가지 지병과 수술로 고생하시다가
지금은 경기도 하남시에 있는 봉사자들의 온정 넘치는

영락노인전문요양원에서 늘 자녀들을 기다리고 있다.

찰나 같은 시간 지나
언젠가 영겁 같은 시간 너머
영원한 시간에 도달하면
우리 식구 모두 모여서
밥 짓는 저녁 연기 보며
함께 모여 살 수 있겠지

시간은 다 이어져 있고
세상도 다 이어져 있고
인생도 다 이어져 있으니까?

우리 다시 만날 때까지
우리 다시 만날 때까지

희미한 옛사랑의 그림자

추억은 이어져 있다.

내가 다녔던 중구 남산국민학교 맞은편에서
일천구백육십삼 년부터 장사를 시작한 미성당 납작만두.
비가 오는 날이면 기름지게 구운 만두에
파맛향이 그윽한 그 음식이 생각난다.
주문하면 10초 만에 나오는 동아백화점 가케우동도 먹고 싶다.

키네마 구락부로 시작한 대구에서 가장 오래된 한일극장
중앙공원 옆 아세아 극장 그리고 만경관. 봉준호 감독이
어린 시절 로봇 태권V를 구경했다는 아카데미극장.
영화 스팅을 보다 옆자리 교련선생께 적발되어 끌려간
교무실의 살벌함조차 가끔 그리울 때가 있다.

대구상고 소라, 심인고 보리수, 대구고 계단
대건고 태동기, 계성고 근일점, 달성고 검바위
대륜고 씨알, 대구 시내 고교 문예반 연합 동아리 회귀선은
모든 문예반 동아리가 시화전을 열었던 중앙통의
YMCA 복도와 이어져 있다.

반월당 네거리, 남산동 제일당의 팥죽과 라면
감삼못, 서문시장, 미도극장, 앞산 해장국, 동인동 매운 찜갈비
김광석 골목, 대구 백화점, 중앙파출소, 중앙떡뽁이
향촌동 소콜, 소텐 그리고 생고구마 안주.
거인이 정문을 지키고 있던 달성공원에도 달구벌 바람이 불어오겠지.

동산병원, 계산성당, 약령시장, 이상화 고택
그리고 줄장미 문예반이 있는 신명여고.
봄이 오면 청라언덕 그리움 타고 오는 내 마음의 노래들.
대구 제2교회 고등부 학생회 예배 피아노 반주자였던
효성여고 그녀는 지금 무얼하고 있을까?

희미한 옛사랑의 그림자.
내 마음의 그리운 추억들은
모두 이어져 있다.

겨울 벌판에서
고향에 가고 싶다

문형렬

[시인 · 고령]

겨울 벌판에서 외

문형렬

어디서……
먼 고향에서
늑대 울음 소리가
밤눈 따라 쏟아지는 밤
12월의 눈은 나무 속에서 찾아온다

어디서
집으로 돌아가는
눈부신 어깨 속에서 눈이 내린다

모든 집의 외등으로 눈은
내려서
적막한 꿈을 덮고
집으로 찾아가는 길을 만드는데

저 벌판,
그리움 밖에서
홀로 눈이 내린다

고향에 가고 싶다

고향에 가고 싶어
고향이 어디니?
……
그곳에 무엇이 있었니?
내가 날 때 심었던 감나무, 그보다 더 오래된 석류나무
그것 말고 다른 풍경이 있었니?
석류나무에 매인 흑염소, 낮고 낮은 굶주림,
실연失戀했다며 쥐약을 먹고
리어카에 실려가던 이웃집 처녀
그게 고향의 전부이니?
아니
그럼 무엇이 더 남아 있지?
노란 감꽃과 붉은 석류꽃, 늙은 광복군, 그리고……
그리고 무엇이니?
나는 고개를 흔들고 눈을 감는다
그곳이 아직 남아 있니?
아니
기억 속에만 있니?
아니……
그런데 어떻게 고향을 기억할 수 있니?

어떻게 기억에도 없는 고향을 찾아가니?
가야 하니까,
고향은 장소가 아니니까
고향은 시간이 아니니까

낙동강
그리운 대구 원대동

오석륜

[시인 · 대구]

낙동강 외

오석륜

아무것도 가진 거 없는 사람들이 벌어 먹고 사는 데는
서울만 한 곳이 없다는 소문만 믿고 짐을 챙겼다.
그 위안을 별처럼 촘촘하게 새긴 가방 하나만 들고
낙동강을 나서는데
곱은 손 펼치며 몇 개의 추억과 몇 개의 된바람을 쥐어주던 억새들
수도승처럼 서서 나를 조금씩 밀어내고 있었다.
겨울 안개는 내가 품고 있던 위안을 덮혀주려고
강가 쪽에서 몰려왔지만
그 속을 비집고 들어가 안개 목욕을 마친 겨울새 한 마리는
완치되지 않은 폐결핵 환자처럼
여전히 낯선 기침으로 쿨럭거렸다.
울음처럼 뱉어낸 객담 한 움큼을 된바람이 풀어헤치고 있었다.
더 이상 가난과 병을 갖고 돌아와서는 안 된다며
어떻게든 서울 가면 성공하고 편지도 꼬박꼬박 써달라고 떼를 쓰던
낙동강의 길고 긴 포물선
그림자처럼 따라오며 허공으로 퍼져가고 있었고
그렇게 허공에 펼쳐진 길을 촉촉이 밝히려고
동대구발 서울행 야간열차가 기적을 울리고 있었다.

여비 한 푼, 학비 한 푼 보태주지 못했다며 한없이 흐느끼던
누님 같던 낙동강의 물결
한강까지 동행하며 거슬러 올라오는 동안
뜬눈으로 밤을 새운 차디찬 달빛은
자꾸만 내 손바닥으로 흘러와 짙은 손금 하나 새겨주고 있었다.

그리운 대구 원대동

1. 1971년

참 오밀조밀한 골목 많았다. 밤새 잠자고 있던 골목길을 아침밥 익어가는 소리가 깨웠다. 그 소리 사방으로 흩어지면 참새 떼들도 아침을 먹고 있었는지 부지런히 허공을 쪼아댔다. 어디서 나타났는지 밥 좀 주이소, 밥 좀 주이소, 하는 동네 거지들의 외침도 대문을 두드리며 떠돌아다녔고, 사람들은 밥 한술 떠서 그들의 밥통을 채워주었다. 골목길은 그렇게 허기를 지우고 있었지만, 공동변소로 이어지는 길에는 배설을 마음대로 하지 못한 사람들의 욕망이 줄을 서는 일이 많았다. 순서를 기다리는 동안 근처에 사는 벙어리 아저씨가 가끔씩 수화를 던졌지만, 어린 눈에는 그의 목에 걸려 있는 사연이 더 흥미로웠다. 그 어떤 동화의 문장보다 가슴을 타고 흘러들어왔다.

골목을 요리조리 빠져나가면 원대시장이었다. 시장 안쪽에는 채소 도매상이 있었는데, 밤만 되면 높다랗게 배추와 무가 쌓였고, 그 위를 어둠과 침묵이 조심스레 덮어주었다. 그들 무게를 고스란히 찍어낸 그림자마저 덮칠 듯 무너져 내릴 것 같았지만, 채소 더미에서 흘러나온 무 냄새는 동요의 한 구절처럼 포근했다. 같은 동네 사는 인호 형이 무 하나 꺼내 건네주면 이로 껍질을 벗겼다. 어둠이 벗겨졌고 배고픔도 벗겨졌다. 그때 그 어둠은 편안함을 가르쳐준 목화솜 이불 같은 것이었다.

나의 유년은 어둠 속에서 자유를 만끽하는 방법에 익숙해지고 있었다.

어느 날 저녁, 엄마랑 손을 잡고 부민극장으로 영화를 보러 갔을 때, 나는 좀처럼 울지 않던 엄마의 울음을 보았다. 신기했다. 같이 따라서 우는 것이 낯설지 않았다. 배우 윤정희가 예쁘다는 것도 그때 알았다. 늦은 귀갓길을 밝혀주던 희미한 가로등보다 통금 사이렌에 깜짝 놀란 달빛과 별빛이 더 밝았다. 엄마 젖가슴에 파묻혀 아침까지 그들 빛이 꺼지지 않을 거라 생각하며 잠이 들었다. 아침 햇살이 그들 빛을 먼저 끄고 나를 습관처럼 깨웠는데, 앞집의 생선가게 비린내도 덩달아 잠에서 깨어나 있었다.

시간이 흘러도 잘 적응이 되지 않던 비린내를 맡지 않게 된 것은 생선가게 식구들이 어느 날 야반도주하는 일이 벌어지고 나서였다. 아버지는 그들의 소문을 쫓아갔지만 오히려 그들의 슬픔만 어루만지다 돌아왔다는 정도만 동네에 떠돌았다. 모처럼 눈이 내릴 때쯤에는 그 소문도 죄다 덮여 버렸다. 시장에도 일상처럼 햇살이 비쳐 들어왔고 부지런히 살기만 했던 골목길에도 바람의 왕래가 잦았다. 꽃이 졌다가 피듯이, 증조할아버지가 세상을 뜨고 막냇동생이 태어났다. 그리고 몇 년 후 몸이 아픈 어머니를 따라 나는 원대동을 떠났고, 그리움이라는 것이 정든 사람, 정든 동네를 떠나면서 생긴다는 것도 조금씩 알아가고 있었다.

2. 2013년

그 옛날의 상호(商號) 대부분은 사라지고 없었다. 진미정육점, 이라는 색 바랜 간판은 살아남아, 이미 저승의 꽃이 된 아버지와 어머니의 안부를 묻고 있었다. 종찬이 어머니는 나를 보고 아버지의 얼굴이 보인다며 세월을 헤아린다. 이제는 골목길 오밀조밀하지 않지만, 이곳을 떠나지 않은 원주민들의 안부는 여전히 오밀조밀 살아 꿈틀거렸다. 키 큰 친구 양우는 벌써 며느리 봤다고 했고, 어렵게 살던 해수는 선생님이 되었다고 했다. 골목길에 머물던 그리움이 신작로 쪽으로 길을 튼다. 대륙사진관 집 딸이었던 이성미는 지금 어디에 살고 있을까. 달성초등학교 담벼락에 기대어 우리들의 손톱을 붉게 물들이고 싶어 했던 봉숭아꽃들, 그 향기들은 다 어디로 갔을까. 지천명 넘긴 내 삶을 하나하나 되묻고 있는 바람을 타고 재생과 망각이 파도 소리처럼 밀려왔다가 사라진다. 바다 하나가 흐르고 있었고 나는 그렇게 섬이 되어가고 있었다.

시

귀향
땡볕

오정국
[시인 · 영양]

귀향 외

오정국

목적지 입간판이 갑자기 눈앞으로 다가오듯이
캄캄한 국도에서 불빛을 되쏘듯이

어떤 후회는 일찌감치 당도해 있고
어떤 후회는 발걸음이 더디다

미처 알아보지 못했던
고추밭과 담배밭의
저 끈질긴 토착 세력들

여즉 남아 있는 절벽들
창날 모양의 창 바우, 깎아 세운 형상의 선바우 앞에서
철없던 맹세의 주먹을 몇 번 내뻗어 보고

선글라스로 얼굴 가린 채
옛 골목을 더듬는데, 어라, 그 절간?
저녁 예불 종소리 쟁쟁하던

저 문간을 넘어서면
고즈넉한 법당의 낡은 경전들
세상의 온갖 고통과 욕설과 참회를
모셔 놓은 게 아닐까 싶다

나도
목구멍의 욕설을 앞세워서
험한 땅거죽을 뱃구레로 밀고 왔다

수시로 요긴하게 써먹던 사투리가
우이쒸, 여기서 되레 먹혀들지 않고

문득 생가터를 지나치는데
산허리의 높고 낮은 무덤들
삼복염천의 무성한 풀들

토착 세력의 살기가 누그러지지 않는다

땡볕

이쪽은 풀밭이고 저쪽은 찻길인데, 죽음 하나가 길바닥의 뱀을 물고 신음하고 있다 뱀의 대가리는 차바퀴에 뭉개지고 말았지만 죽음의 독니는 저의 독액을 뱀의 비늘 안쪽으로 흘려보내지 못했다 뱀의 꼬리가 꿈틀대는 동안, 죽음의 목구멍은 땡볕을 헐떡거렸다

다리목에 앉아 놀던 여름 하루가 배곯던 오후를 견디다 못해 뱀 한 마리를 끌고 가던 중이었다 휴가 차량 몇 대가 국도를 지나갔고, 가드레일 너머의 네발짐승들이 저의 죽음을 숨 쉬듯이 염탐하던, 34번 국도의 오후 2시였다

시

김천 청암사 요리 배우는 인현왕후
청송 사과

윤동재

[시인 · 청송]

김천 청암사 요리 배우는 인현왕후 외

윤동재

조선 숙종의 비인 인현왕후를
다짜고짜 한 번 만나 뵈러
김천 청암사에 갔더니
간밤부터 내린 눈이
인현왕후가 있다는 극락전 앞마당 무릎까지 쌓여
비구니 스님 두 분이 싸리비로 그걸 쓸고 있었네

미리 약속하지는 않았지만
인현왕후를 뵐 수 있느냐고 했더니
두 분 비구니 스님이 말하기를
어제 오후 김천 시내 요리학원에
요리 배우러 나갔다가
밤새 눈이 그치지 않아 돌아오지 못했다고 했네

인현왕후가 뜬금없이 갑자기 요리를 배우다니요 했더니
두 분 비구니 스님이 말하기를
인현왕후가 장희빈에게 왕비 자리를 빼앗긴 게
원통 분통 절통하다며

날마다 김천 청암사 보광전
벽을 두드리며 까무러치니

청암사 부처님 안 되겠다
이러다가 인현왕후 실성하겠다
이러다가 인현왕후 사람 버리겠다
하루는 큰맘 먹고 인현왕후를 불러 앉혀
장희빈에게 왕비 자리 빼앗긴 까닭을
조곤조곤 일러주었다 했네

청암사 부처님
인현왕후가 왕비 자리를 빼앗긴 건
인현왕후는 왕비 체통만 지키려고 애썼을 뿐
요리는 무엇 하나 제대로 할 줄 아는 게 없어
요리 솜씨가 좋아 무슨 요리든 척척 잘하는 장희빈에게
왕비 자리를 빼앗긴 건 필연이라고 했다 했네

장희빈이 왕을 모실 때는
불이 약한 화로
불이 센 화로
따로따로 준비해 두었다가
된장찌개는 약한 화로로 보글보글 끓이고
안심 등심은 불이 센 화로로 살짝살짝 구워 입 속에 넣어 드리니

왕이 그 맛에 반해
왕이 그만 장희빈에 폭 빠져
인현왕후를 내쫓고
장희빈을 왕비로 삼을 수밖에
그게 뭐가 잘못되었느냐고
원통 분통 절통하면 요리부터 배우라고

인현왕후 지금이라도 다시
왕비가 되고 싶어
장희빈을 몰아내고 다시 왕비가 되려고
장희빈보다 요리를 더 잘하겠다는 한결같은 마음으로
비가 오나 눈이 오나 바람이 부나
요즘 김천 시내 요리학원에 나가 요리 배운다 했네

청송 사과

이스라엘 성지순례 갔을 때
갈릴리 호숫가에서 베드로 물고기를
내게 마음껏 먹도록 해 준 아담과 이브가
청송 사과 명성을 듣고 청송 사과를 먹고 싶다며
늦가을 나를 찾아왔네

청송 사과가
나라 안에서만 유명한 게 아니라
나라 밖에서도 유명하구나
아담과 이브도 먹고 싶어
안달이라니

나는 이들을 먼저
청송군 현서면 덕계리 청송 사과 시배지부터 구경시켜 주었네
그리고 곧바로 청송군 주왕산면 얼음골 사과밭에 가서
청송 사과 가운데서도 가장 맛있다는
얼음골 사과를 실컷 먹도록 해 주었네

아담은 사과를 먹으면서 내게 귓속말로
이브 혼자 돌아가게 하고

자기는 여기 남아
청송 얼음골 사과를
날마다 배가 터지도록 먹었으면 좋겠다 했네

시

상주 배차적
소망 과수원

이종주

[시인 · 영쥬]

상주 배차적 외

이종주

상주 배차적 우습게 보지마라
백두대간 산바람 이기고
낙동강 격랑 헤치고
잎잎마다 햇살 추수해 싱싱하게 자라난
천년 전통의 음식이다
경북에 천년 음식 없다고 말하지 마라
할머니의 또 그 할머니의
손끝에서 손끝으로 이어져 온 음식
한 잎의 배추
한 종지의 양념장만으로도
단순하되 깊은 맛을 내고
소박하되 자연을 드러낸 음식이
세상 어디에 있으랴
첫눈 내리는 날
안개비에 젖는 날
옛날 주막으로 가자
상주 배차적 한 장
막걸리 한 되 시켜 놓고

평생 사랑한 한 사람
추억도 좀 호명하고
미래도 꿈꾸어보자
상주 배차적 한 장을 먹으며
한 잔의 술을 마시며
나는 상주 배추 같은
단순하되 자연스러운 인생을 생각했다

소망 과수원
― 심상직 동장께

어쩌다
반변천 강변에 사과나무 심어 두고
나무마다 가지마다 소망을 매달아 두었다
혹한의 겨울 이기고
실한 사과 주렁주렁 열리게 해달라고
하늘에 빌기도 했다
비바람에 잠 못 이룬 밤이 지나고
추수가 시작되었다
풍작이었다
내 땀과 눈물과 기도가 이루어졌다
지난날의 생채기 안고
여기까지 멀리 흘러왔다
사무치게 밀려오는 인생의 황혼길에서 만난
붉디 붉은 사과
우유빛 속살
향긋한 내음
어느 여인이 이리도 관능적이랴
사과 한 알 한 알 포장하면서 실없는 미소 흘리며
내 인생이 반변천 강물 따라 흘러간다
어쩌면 내가 사과를 만난 것이 아니라

사과가 나를 선택한 것인지도 모를 일이다
추수가 끝난 과수원에서
다시 비료를 주면서
지렁이 짚을 깔면서
그걸 생각한다
혹한의 겨울 이기고 행복 찾아가라고
사과나무가 다시 내게
힘을 주는 따뜻한 겨울이다

시

김밥을 먹으며
부석사 가는 길

정호승

[시인·대구]

김밥을 먹으며 외

정호승

서울행 막차를 기다리며
동대구역 대합실 구석에 앉아 김밥을 먹는다
김밥에게 가장 중요한 것은 단무지라고
단무지가 없으면 김밥은 내 인생에 필요하지 않다고
밤눈 내리는 동대구역 창밖을 바라본다
노숙자 한 사내가 말없이 다가와 손을 내민다
여기 앉으세요
자리를 내주고 김밥 한 줄을 건네며
꾸역꾸역 물도 없이 김밥을 먹는
한때 농부였다는 그의 서러운 이야기를 듣는다
나도 한때 노숙의 시인이었다고
노숙자 아닌 사람이 누가 있느냐고
말하려다가 거짓에 목이 메인다
누구는 보리수 아래에서 발우 하나와 누더기 한 벌로
평생 부족함 없이 사신다는데
나는 모든 것을 지니고 있으면서도
아무것도 지닌 게 없다고
오늘 살고 있는 집보다 내일 살아야 할 집 때문에

더 춥고 배가 고프다고
처음 만난 노숙자끼리 말 없는 말을 나누며
우걱우걱 다정히 김밥을 나눠 먹는다
기다리는 기차는 아직 오지 않고
대합실 창가에 눈발만 흩날린다

부석사 가는 길

부석사 가는 길로 펼쳐진 사과밭에
아직 덜 익은 사과 한알 툭 떨어지면
나는 또 하나의 사랑을 잃고 울었다
부석여관 이모집 골방에서
젊은 수배자의 이름으로 보내던 그해 여름
왜 어린 사과가 땅에 떨어져야 하는지
왜 어린 사과를 벌레가 먹어야 하는지
벌레도 살아야 한다고
벌레도 살아야 벌레가 된다고
어린 사과의 마음을 애써 달래며
이모님과 사과나무 가지를 받쳐주고 잠들던 여름밤
벌레가 파먹은 자리는
간밤에 배고픈 별들이 한입 베어 먹고 간 자리라고
살아갈수록 상처는 별빛처럼 빛나는 것이라고
내 야윈 어깨를 껴안아주시던 이모님
그 뜨거운 수배자의 여름 사과밭에
아직 덜 익은 푸른 사과 한알 또 떨어지면
나는 부검실 정문 앞에 쭈그리고 앉아 울던
너의 사랑을 잃고 또 울었다

숭어
먼지들2

주병율

[시인 · 경주]

숭어 외

주병율

지난겨울에도 나는 바다의 숭어를 사랑하고

눈이 멀었네

어두워지는 포구의 뱃전에 기대어 귀 기우려 보지만

삼남 천지에 네가 왔다간 소리는 듣지 못했네

먼 바다를 건너와 하루 종일 내리던 눈보라 속

아직도 젖은 하늘에 길이 있다면

지워버리고 지워버리고 싶은 은종이 같은 비늘 하나

이제 어디로 가랴고 내게 다그쳐 부는 바람만 곁에 있어서

지난겨울에도 여전히 나는 바다의 숭어를 사랑하고

눈이 멀었네

먼지들2
― 곱사등이

한로 지나자 수도원 담장 배롱나무 꽃잎이 차다.
일 년 중 딱 한철 이맘때만 볕이 든다는
삼익빌라도 오후에는 담홍색이다.
어디서 날아왔는지
유리창에 붙은 풀벌레 곱사등이를 보면
에스메랄다를 사랑만 하던 종지기 카지모도가 생각난다.
일생 한 번도 울지 않는다는 곤충이다.

바람도 불지 않고 해가 지자
꽃잎도
유리창도
곱사등이도
모두 집시 같은 가을이다.

칠성동 사람들
장수하늘소

최대순

[시인 · 상쥐]

칠성동 사람들 외

최대순

슬그머니 엎어지는 삶의 중력을
어깨에 매단 계절은
변검술사의 얼굴을 띤 채
탈색된 날짜를 쓸어담고
현실의 껍데기를 벗어던진다

퀭한 얼굴
피아(彼我)의 경계를 풀어버린 눈동자
생의 한 조각을 배어 문 새는
골목을 억지로 미끄러져 갔다

참는 것보다 견디는 일이 더 힘든
가난한 사람일수록 웃풍이 심하다

화려했던 도시는 일찌감치 문을 닫고
정부의 재난지원금은
막다른 길에 다다른 사람들을 달랜다
밥 먹듯이 확인되는 사회적 거리두기

건조한 독방은 화려한 위안을 벗긴다

동지섣달 바람 훑고 간 자리
아가리를 벌리고 있는 거대한 욕망이
눈부시게 따갑다

장수하늘소

떡갈나무 우듬지 삐주름히 솟아 있고
절절히 비워간 날만큼
검푸른 껍질을 도려내어
깊은 밤 속으로 흘려보내고

생채기 없는
머물다 간 자리

가만히 속내 두고두고 알 길 없어
동강난 구간을 따라 잡으려
하늘소 고삐 바투 쥐고
고목 위를 걷는다

몸뚱이 숨길 작은 집 바람결마다
집게 손 번쩍이고
힘차게 소나기 치고 나면
녹조 낀 허공에
뾰족한 낮이 걸려 있다

/

아름다움의 이데아

보리회

내
문학의
요람

산문

나의 음울했던 청춘기의 베이스캠프〈심지다방〉

권태현

[소설가 · 대구]

나의 음울했던 청춘기의 베이스캠프 〈심지다방〉

권태현

파울로 코엘료의 소설 『알레프』를 보면 아주 특별한 한 장소가 나온다. 전생과 연결되고 응축된 기가 모여 흐르는 그곳은 모든 것이 한 시공간에 존재하는 지점이다. 그곳에서 주인공은 한 여인을 만나 500년이라는 시간을 거슬러 오르고 자아의 신화를 발견하게 된다.

소설 속에 설정된 지점과 성격은 다르더라도, 우리는 저마다 우리 기억에 각별하게 각인된 특별한 장소를 갖고 있다. 그곳은 성장기에 중요한 영향을 미친 곳일 수도 있고, 인생의 터닝포인트가 된 사건이 일어난 지점일 수도 있고, 죽을 고비를 넘기고 새 생명을 얻은 장소일 수도 있다. 어느 곳이든 그곳은 평생 잊혀지지 않을 것이다.

나에게도 그런 장소들이 있다. 그중 한 곳이 대구의 〈심지다방〉이다.

그곳은 나의 음울했던 청춘기의 베이스캠프였다. 그곳에서 나는 죽고 싶은 청춘의 한 시기를 견뎠다. 혼자 버틴 건 아니었다. 동병상련으로 얽힌 친구들이 있었다.

나를 처음 그곳으로 이끈 이는 박기영이라는 친구였다. 그는 우리들 중 제일 먼저 〈심지다방〉에 터를 잡았다. 그의 고정석은 출입문의 대각선 지점에 있는 구석자리였다. 그는 그곳에서 시를 끄적거리거나 책에 코를 파묻고 있기도 했지만 대부분 그냥 죽치고 앉아 있었다. 시간이 지나면서 우리들 중 일부가 옆자리와 맞은편 자리를 차지했다. 어느새 그

자리는 기영이의 자리에서 우리들의 자리가 되어 있었다.

　고등학교를 졸업하고도 나는 한동안 대구에 머물렀다. 그것은 한동안 〈심지다방〉에 머물렀다는 말이기도 하다. 고등학교 1학년 때 아버지가 돌아가시는 바람에 정상적으로 대학에 진학할 형편이 안 되는 나는 장학금이 절실하게 필요했다. 고등학교 3학년 때 각종 백일장을 찾아다니고 현상문예에 작품을 투고한 것도 다 그 때문이었다. 다행히 문예장학생으로 뽑혀서 학비는 면제받을 수 있었지만 다른 지방에 있는 대학이라 생활비를 조달할 길이 막막했다. 사글세 보증금조차 마련할 수가 없었다. 입학을 다음 해로 미루고 돈을 벌어야 했다. 그 무렵 내가 목돈을 벌 수 있는 방법은 거의 없었다. 유일한 한 가지 방법이 신춘문예에 당선되는 것이라고 생각했다. 하지만 소설은 쓰지 못하고 그저 〈심지다방〉에 죽치고 앉아 있었다.

　대구를 떠나지 않은 친구들은 수시로 그곳을 찾았다. 기영이 외에 가장 자주 본 얼굴이 박상봉이었다. 대구를 떠난 친구들도 대구에 오면 꼭 그곳에 들렀다. 그중 대표적인 인물이 손태도였다. 그곳은 우리의 아지트이자 사랑방이자 숨어 있기 좋은 동굴이었다.

　그곳에 죽치고 있다가 친구들이 찾아오면 길 건너 염매시장으로 가서 막걸리를 마셨다. 그곳에서 취하고 나면 동성로를 비틀거리며 걸었다. 가끔 행인들과 시비가 붙기도 했다. 다른 곳에 들어가 술을 더 마시기도 했다. 그러다가 이야기가 길어지면 우리는 다시 〈심지다방〉으로 되돌아왔다. 다른 곳보다 거기가 훨씬 더 편했다. 왠지 그곳에서는 조금 더 안심이 되었다.

　가끔 내 여자 친구가 그곳에 찾아오기도 했다. 나보다 한 살이 많은 그녀는 유아교육과에 다니면서 아르바이트도 하고 있었다. 덕분에 그녀가 나타나면 내 친구들은 호강을 했다. 평소에 구경도 잘 못하던 고기 들어간 국밥도 먹고 순대나 튀김 같은 것들도 먹을 수 있었다. 한동안 뜸하다 싶으면 불러내라고 기영이가 옆구리를 찌르기도 했다.

　그곳에서 아무것도 하지 않고 시간만 흘려보내다가 날씨가 쌀쌀해지자 마음이 조급해졌다. 신춘문예 응모를 준비하느라 〈심지다방〉에 머무는 시간이 더 길어졌다. 신춘문예는 나의 유일한 희망이었다. 고등학교 3학년 때 건국대학교 백일장에서 산문부 장원을 한 것이 인연이 돼서 그 대학 신문사 편집국장으로 있던 이동하 작가를 가끔 만났었다. 그분은 나에게 소설 쓴 게 있으면 좀 보자고 했다. 작품이 좋으면 문예지로 추천받을 수 있게 소개해주신다면서. 하지만 철딱서니 없던 나는 신춘문예로 당당하게 등단할 것이기 때문에 문예지 따위는 관심도 없다고 일언지하에 거절했다(그 생각을 하면 지금도 낯이 화끈거린다. 그분이 나를 얼마나 딱하게 여겼을까).

　〈심지다방〉 구석자리에서 한 자씩 또박또박 정서해서 투고한 소설은 신춘문예 본선 진출도 못하고 낙방하고 말았다. 그때의 나에게 신춘문예 당선은 절벽을 타고 오를 수 있는 단 하나의 동아줄이었다. 내가 간신히 부여잡고 있던 풀뿌리는 맥없이 뽑혀 버렸다. 나는 추락의 멀미를 견딜 수가 없었다.

　나뒹굴고 있는 술병들 사이에서 정신을 차리고 나서 얼마 안 되는 짐을 쌌다. 정리를 마친 나는 여자 친구와도 헤어졌다. 〈심지다방〉 근처의 어두컴컴한 골목에서 우리는 얼싸안고 울었다. 그녀의 등을 억지로 떠밀고 나는 〈심지다방〉 구석자리로 돌아와 목 놓아 울었다. 나에게 위로주를 사주겠다고 돈을 구해온 기영이는 눈치만 보다가 혼자 나가서 술을 퍼마셨다.

대구를 떠나고 나서도 〈심지다방〉은 나의 아지트였다. 동대구역에 도착하면 택시를 타고 〈심지다방〉 앞에서 내렸다. 친구 결혼식도, 친구 부모님 장례식도, 친구 출판기념회나 시상식도 〈심지다방〉에서 친구들과 만나 함께 참석했다. 일정이 그날로 잡혀 있으면 마치고 돌아와 염매시장에서 술을 마셨다. 다음날 아침까지 여유가 있으면 밤새 술을 마셨다. 함께 술을 마신 친구들이 모두 다 결혼식에 참석하지 못한 일도 있었다. 그날은 〈심지다방〉에 둘러앉아 우리가 참석하지 않아서 결혼식이 순조롭게 진행되었을 거라고 너스레를 떨었다.

개인적인 볼일로 대구를 찾을 때도 친구들은 〈심지다방〉에서 나를 기다렸다. 한번은 예정일보다 하루 늦게 대구에 내려간 적이 있었다. 물론 바뀐 일정을 친구들에게 알렸다. 하지만 그들은 그 전날부터 〈심지다방〉에서 나를 기다렸다. 그들은 박기영, 박상봉, 손태도였다. 내가 도착했을 때 그들은 피곤한 얼굴로 나를 맞았다. 나를 기다리는 동안 밤새 술을 마시며 내가 포함된 우리들 이야기를 했다고 했다. 내가 동참하자 그 이야기는 다시 반복되었다. 그 당시에 결혼한 상태였던 박상봉은 이틀이나 외박을 했다. 다음날 〈심지다방〉으로 나를 찾는 전화가 걸려왔다. 박상봉의 아내는 자기 남편을 나에게 돌려주겠다고 울면서 말했다. 그 말을 듣고 참을 수 없었던 우리는 앞산 근처의 그들 신혼집으로 쳐들어갔다.

기영이의 제안으로 〈국시〉 동인을 같이 하기로 한 다음, 동인 활동에 대해 의논하러 모인 곳도 〈심지다방〉이었다. 박덕규와 함께 대구에 다니러 갔다가 기영이한테서 장정일을 소개받은 곳 역시 〈심지다방〉이었다. 그곳에서 장정일은 자신이 쓴 시들을 프린트해서 묶은 걸 내밀었다. 겉표지에 쓰여진 유명 시인 이름을 북북 지우고 그 위에 내 이름을 적어서. 서울로 돌아오는 밤기차에서 그 시들을 다 읽은 다음 나는 기영이와 통화하며 장정일을 〈국시〉 동인으로 받아들이기로 했다.

이런 일들은 숱한 사례 중 일부일 뿐이다. 나와 내 친구들에게 일어난 일들은 대부분 〈심지다방〉이 무대였거나 〈심지다방〉과 관련이 있었다. 그곳은 오랫동안 우리 삶이 연결되어 있는 말뚝 같은 존재였다.

〈심지다방〉에서 죽치며 준비했지만 실패했던 나의 남루한 꿈은 그로부터 몇 년이 지나서야 이룰 수 있었다. 매일신문 신춘문예에 소설이 당선되었다는 통보를 받고 대구를 찾은 나는 〈심지다방〉에서 친구들의 축하를 받았다. 그곳에서 친구들은 말했다. 신춘문예 발표가 날 때마다 당선자 명단에서 내 이름을 찾았다고. 어쩌면 나는 친구들의 기대와 응원의 덕을 본 것인지도 모른다.

그로부터 한참이 지나고 나서 〈심지다방〉이 없어졌다는 말을 전해 들었다. 나는 놀라지도 않았고 충격을 받지도 않았다. 〈다방〉이라는 공간이 역사의 뒤안길로 사라지는 걸 당연히 여겨서가 아니었다. 이제 그 장소는 우리가 가지 않아도 '거기' 있었다. 꼭 그 지점이 아니더라도 우리의 추억이 뭉쳐서 굳건한 이미지를 형성하고 있었다. '거기'는 우리가 모이는 다른 장소로 자연스럽게 옮겨지기도 했고 우리의 마음속에 자리 잡기도 했다. 〈심지다방〉은 그렇게 새로운 형태로 진화해서 영영 잊혀지지 않는 '거기'로 존재하게 된 것이다.

요즘도 나는 가끔 가장 척박했던 한때를 견딘 〈심지다방〉 시절을 떠올린다. 그리고 그곳에서 내가 기댈 수 있게 곁을 내준 나의 소중한 친구들을 생각한다. 그곳과 그들이 있어서 간신히 살아남을 수 있었다. 고맙고 또 고맙다.

대구, 그 청춘의 도시에서 보낸 한철

김완준

[소설가 · 대구]

대구, 그 청춘의 도시에서 보낸 한철

김완준

    내가 심지다방을 드나들기 시작한 것은 까까머리 고등학생 때였다. 심지다방은 대구 최대의 번화가 동성로 남쪽 끝 중앙파출소 맞은편 건물 지하에 있었다. 꽤 많은 LP판을 갖추고 있던 심지다방은, 이창동 감독의 맏형 아성(본명 이필동) 씨가 운영하던 극단의 신인 배우나 경북대 의대를 다니던 대학생이 DJ를 하면서 최신 유행곡을 틀어주던 음악다방이었다. '서울에 학림이 있으면 대구에는 심지가 있다'는 말이 떠돌 정도로 아직 알을 깨고 세상으로 나오지 못한 젊은 예술가들의 아지트 역할도 하던 곳이었다.

    나는 고등학교 문예반 선배들을 따라서 심지다방에 처음 발을 들여놓았다. 내가 다녔던 고등학교 문예반은 시인 서정윤, 소설가 겸 시인 박덕규, 문학평론가 하응백 등이 거쳐 갔고 시인 안도현과 시인 이정하 등이 2~3학년에 재학 중이었다.

    그들은 심지다방의 단골이었고 나도 그들 못지않게 심지다방 마니아가 되었다. 학교 수업이 끝나면 곧장 심지다방으로 직행해서 교모와 교복 상의를 구겨 넣은 책가방은 카운터에 맡겨 놓은 채 DJ박스 옆에 있던 애송이 문인들의 지정석에 죽치고 앉아서 밤늦게까지 커피와 엽차를 홀짝이며 뽀끔 담배를 피우거나 김민기와 트윈폴리오와 양희은의 노래를 신청하거나 즉석 백일장을 열거나 가스통 바슐라르의 책을 읽었다.

그러다 우리들 중 누군가 용돈이 생겼거나 고향집에서 보낸 생활비가 도착했거나 아주 가끔 현상문예 상금이라도 탄 날이면 가까운 염매시장으로 몰려가 찌짐(부침개)을 곁들여서 막걸리를 들이키곤 했다.

나는 심지다방에서 참 많은 사람을 만났다. 몇 년 뒤 문학계에 화려하게 등장한 미완의 장정일과 이인화를 처음 대면한 곳이 심지다방이다. 베스트셀러 시인이자 번역가로 맹활약 중인 류시화(본명 안재찬)도 심지다방에서 처음 만났다. 시인 이태수, 시인 이하석, 시인 겸 소설가 문형렬, 문화평론가 하재봉, 시인 이문재, 소설가 김형경 등 대구 출신의 또는 대구를 방문한 쟁쟁한 선배 작가들을 나는 심지다방에서 만났다.

그들 모두는 나의 라이벌이었다. 그들을 만날 때마다 나는 그들을 뛰어넘는 대한민국 최고의 작가가 되겠다고 벼르고 또 별렀다.

학교 수업이 파하면 남산동에서 심지다방까지 걸어가 선배들이 앞 다투어 떠들어대던 개똥철학과 기상천외 연애담을 시간 가는 줄 모르고 듣다가 귀가하는 게 그 즈음 나의 일과였다. 집으로 가는 버스는 동성로 북쪽 끄트머리에 있는 대구역 앞에서 탔다. 심지다방에서 가까운 반월당에도 버스가 있었지만 나는 일부러 대구역 앞 정류장을 고집했다. 동성로 이쪽 끝에서 저쪽 끝까지를 걸어가면서 제일서적, 본영당, 한일도서, 대구서적을 차례로 순례하기 위함이었다. 나의 라이벌들이 새롭게 펴낸 책들을 점검하다가 서가 구석에 다소곳이 숨어 있는 유명작가의 초판본 저서를 찾아내는 날에는 고대의 성물을 발견한 고고학자처럼 가슴이 뛰었다.

서점 순례를 마치고 대구역 앞에 도착하면 세상은 이미 어둠의 군사들이 점령한 지 오래였다. 역 앞 버스정류장에는 지친 하루를 소주 몇 잔으로 달랜 사내들이 집으로 가는 막차를 기다리고 있었다. 그때부터 대구역 앞은 활기를 띠기 시작했다. 당시 대구역 부근에는 대한민국의 다른 많은 역 앞처럼 홍등가가 있었다. 통행금지가 존재하던 그 시절, 자정이 가까워질수록 홍등가의 호객행위는 적극적이고 집요해졌다. 그 날의 매상을 올릴 마지막 기회였으므로.

막차는 쉽게 오지 않았다. 마지막 한 사람까지 태우기 위해 정류장마다 조금씩 더 지체했기 때문이리라. 버스를 기다리는 사내들은 점점 지루하고 지쳐 갔다. 그렇게 약한 모습을 노출하는 사내에게는 여지없이 골목 입구에 잠복해 있던 언니가 접근했다.

"오빠! 피곤한데 잠깐 쉬었다 가. 잘해 줄게……"

주머니 속에 차비 몇 푼만 남아 있는 사내들은 쑥스럽게 몸을 떨며 저만치 도망가 버렸다. 그러나 밀린 월급을 받은 데다 술까지 얼큰해진 사내들은 언니들의 추근거림에 감기던 눈이 크게 떠졌다. 어쩌면 진작부터 언니에게 마음이 있었는데 먼저 접근할 용기는 없고 저쪽에서 다가오기만을 고대하고 있었는지도 모른다.

한두 명의 사내들이 언니들의 팔에 꿰여 시커먼 골목 속으로 사라지고 나면 버스정류장에는 잠시 평화가 찾아왔다. 언니들이 사라진 골목을 아쉬운 눈초리로 좇다가 하늘을 쳐다보며 한숨을 내쉬는 사내들은 월급날이 얼마나 남았는지 남몰래 헤아렸을지도 모른다.

나는 까까머리에 교복 차림이어서 언니들의 손을 타지 않았다. 나는 그게 억울했다. 나는 왜 사내 대접을 해주지 않는 건가. 주머니에 학원비라도 있는 날에는 내가 먼저 언니에게 접근해서 당당하게 팔짱을 끼고 골목 안으로 사라지는 상상을 했다.

대구역 앞 홍등가 골목은 까까머리 소년에게는 꽤나 매력적인 상상의 공간이었다. 저 골목 안에는 과연 어떠한 삶이 있을까. 힘센 남자들이 지배하는 바깥세상과는 달리 아름답고 향기로운 여자들을 주인으로 섬기는 유토피아라도 있을까.

우리 중 몇은 용감하게 그 골목 안으로 진출해서 후일담을 들려주기도 했다. 야시시한 언니에게 혹해서 따라 갔는데 정작 자신을 맞아준 건 이모뻘의 아줌마였다…… 언니의 꼬임에 빠져서 가지고 있던 학교 등록금과 과외비와 학원비까지 몽땅 털리는 바람에 부모에게 흠씬 두들겨 맞았다…… 그런 내용들이었다.

후일담 중 하이라이트는 그곳의 언니와 사랑에 빠졌다는 것이었다. 그래서 밤새도록 손만 꼭 잡고 잤다는 거였다. 학교만 졸업하면 그 어떤 역경도 물리치고 반드시 그녀와 결혼을 할 거라는 대목에 이르면, 우리는 겉으로는 딱하다는 표정을 지으면서도 속으로는 '그래. 너만은 부디 그 꿈을 이루어라'고 응원해주었다.

앞날에 대한 막연한 불안과 예술에 대한 절망 따위를 열병처럼 앓던 그 시절의 우리는 시간의 강물 위로 하염없이 떠내려가는 종이배처럼 하루하루를 그렇게 보내고 있었다. 우리 중 누군가 대구역 앞 골목으로 사라져서 다시는 이쪽 세상으로 돌아오지 않는 일이 벌어지기를 바라기도 했다. 그리하면 남은 시간은 사라진 친구를 추억하면서 무료하지 않게 보낼 수 있을 테니까.

그날도 나는 학교가 끝나자마자 심지다방으로 직행했다. 낯익은 선배 몇이 어김없이 출근해 있었다. 그런데 그들의 표정이 여느 때와는 달리 무척 어두웠다. 바깥에는 계절의 여왕 오월이 만개하여 싱그러움으로 가득한데 심지다방의 구석자리는 요절한 시인의 장례식장처럼 우울했다.

모 신문사에 다니고 있던 선배의 입에서 '광주'와 '군인'이라는 단어가 은밀하게 새어나왔다. 그의 말을 듣고 있는 다른 선배들은 절망적인 낯빛을 한 채 연신 깊은 한숨만 토해 냈다.

서열상 말석에 자리하고 있던 나는 조곤조곤 속삭이는 선배들의 이야기를 잘 알아들을 수가 없는데다 침울한 분위기도 마뜩찮아서 심지다방을 나왔다. 거리에는 찬란한 봄 햇살이 물결치고 있었다. 농익은 몸매를 꽃무늬 치마 속에 감춘 아가씨들이 날치 떼처럼 동성로를 활보하고 있었다.

나는 여느 때처럼 서점 순례를 마친 뒤 집으로 가는 버스를 타기 위해 대구역 앞으로 향했다. 그렇게 이른 시각에 대구역 앞에서 버스를 기다린 것은 아마 그때가 처음이었으리라. 사방에서 빛의 화살이 축복처럼 쏟아져 내리고 있었다.

눈부신 햇살에 미간을 찌푸리고 있던 나는 문득 근처의 홍등가 골목이 궁금해졌다. 그동안은 캄캄한 밤에만 그 앞을 지나다녔기 때문에 꿈도 꿀 수 없었지만, 지금처럼 환한 대낮에는 골목 안을 염탐해볼 수도 있을 것 같았다.

나는 골목을 향해 조심스레 걸음을 옮겼다. 지금까지 머릿속에서 상상으로만 존재하던 신세계가 잠시 후면 눈앞에 정체를 드러내려는 찰나였다.

내가 골목 입구로 막 들어서려는 순간, 골목 안쪽에선 "와!" 하는 함성과 함께 한 무리의 사람들이 왈칵 몰려나왔다. 엄청난 기세로 몰려오는 인파에 질린 나는 한쪽 벽으로 몸을 바짝 붙여야 했다.

골목에서 몰려나온 사람들은 나보다 네댓 살은 많아 보이는 청년들이었다. 그들은 10여 명씩 서로 어깨동무를 한 채 일정한 구호를 외치며 빠른 걸음으로 골목에서 뛰쳐나왔다. 그리고 이내 차도를 점거하더니 행진하기 시작했다.

"독재 타도!" "계엄 철폐!"

그들은 있는 힘을 다해 구호를 외치고 있었다. 기세는 대단했지만 수는 많지 않았다. 그들이 골목에서 쏟아져 나와 내 앞을 지나 저 멀리 사라질 때까지 나는 등을 벽에 붙이고 있어야만 했다. 수만 볼트의 전기에 감전된 것 같아서 한동안 꼼짝을 할 수가 없었다.

방금 내 앞으로 지나간 게 사람의 무리였는지 아니면 거대한 이무기의 몸통이었는지 분간이 가지 않았다. 엄청난 비린내가 왈칵 풍겨 와서 나는 구토를 참으며 허둥지둥 그 골목을 떠나고 말았다.

그날 내 앞을 스치고 지나간 그 광경은 오래도록 기억 속에서 지워지지 않았다. 그리고 더 이상 그 골목 앞을 서성이는 일은 없었다. 그때 나는 까까머리가 부끄러운 고등학생이었다. 한 시절이 지나가고 또 다른 시절이 성큼성큼 다가오던 1980년 어느 화려한 봄날의 일이었다.

대구 승용차는 모두 내 밥이었다

김용만

[소설가 · 대구]

대구 승용차는 모두 내 밥이었다

김용만

경북여고 정문 앞에서 '로터리광택센터'를 개업했을 당시에는 명덕로 터리 일대에 논밭이 듬성듬성 끼어 있었다. 계명대학교 쪽으로 빠지는 2차선 도로변에는 아예 논밭이 즐비했다. 신축한 동대구역이 들판 한복 판에 동그마니 서 있고, 영남대학교가 경산으로 이전하기 훨씬 전이었 다. 남문시장 고개를 넘어야 겨우 도시가 형성되었다.

대구에서는 자동차 광택이 처음 시도한 업종이어서 개업하고 한 달이 지나도록 승용차가 한 대도 들어오지 않았다. 시내를 누비며 전단지를 뿌렸지만 헛수고였다. 직원이 한 명뿐인데도 봉급 주는 게 걱정이었다. 결단을 내렸다. 주말을 택해 장비와 연마제를 택시에 싣고 골프 연습장 으로 달렸다. 공터에 짐을 풀고 주차장을 메운 승용차 중에서 가장 칙칙 한 차를 골라 기사에게 다가갔다.

"이 차를 유리처럼 광을 내줄게요."

공짜로 닦아준대도 기사는 얼굴을 찡그렸다. 그때 20대로 보이는 젊 은 기사가 다가와 손가락으로 광택기를 가리키며 어깨를 깝죽댔다.

"이기 광내는 기겐교?"

"네 그렇습니다. 어느 차든 거울처럼 광을 낼 수 있습니다."

"저거도 광이 납니꺼?"

젊은 기사는 맞은편 줄에 세워진 우중충한 검은색 지프를 가리켰다.

국산차가 나오기 전이라 외제차 말고는 정비공장에서 수리한 차들이 태반이었다.

"걱정 마세요. 여기 주차한 차 중에서 젤 깨끗한 차로 만들 겁니다."

"진짠교?"

"못 믿으면 보닛만 그냥 닦아드릴게요."

직원을 시켜 작업준비를 끝낸 나는 구경꾼을 모으려고 차 보닛에 광택기를 대고 스위치를 올렸다. 왕왕대는 소음이 온 주차장에 진동했다. 그늘 밑에 삼삼오오 모여 있던 기사들이 작업 광경을 보러 하나 둘 모여들기 시작했다. 연마 작업을 끝낸 보닛에 왁스를 칠하고 융 걸레로 문지르자 보닛은 거울이 되어 햇살을 튕겼다. 나뭇잎들이 그 거울 속에서 너울너울 춤을 추었다.

"와아 기똥차데이!"

"잇찔이구마! 똥차가 왕 됐다카이!"

여기저기서 탄성이 터져 나왔다. 성공이었다. 공장에 손님이 찾아오기 시작했다. 도꼬이(단골)도 불어났다. 손이 모자라 직원도 늘렸다. 중동전쟁으로 유류파동이 일어나는 바람에 길거리에 차가 뜸했지만 우리업소는 늘 차산차해(車山車海)를 이루었다. 내 신용 때문이었다. 마음에 들지 않으면 차를 출고시키지 않고 더 다듬어 주었다.

"이대로 나가시면 제 신용이 떨어져요."

나는 신용을 생명처럼 여기며 살아갔다. 아버지는 내가 어릴 때부터 늘 신용을 지키라고 말씀하셨다. 날이 갈수록 고객 차가 줄을 섰다. 개인 승용차와 회사 차는 물론 도청 차, 시청 차, 법원 차, 검찰청 차, 영남대 차, 계명대 차, 심지어 미군부대 차까지 단골이 되었다. 까다로운 외국인 고객들도 "베리 굿!"을 연발했다. 대구 돈 다 긁는다는 소문이 파다했다.

경제력이 풀리자 추억을 떠올릴 여유도 생겼다. 나는 직원들 기분을 살려주려고 대구에서 가장 고급 명소로 소문난 H호텔 라운지로 데려가 기분을 풀어주기도 했다. 직원들은 내 추억담 중에서 자갈마당에 있는 '1급Y정비공장' 이야기와 '봉선다방' 마담 이야기에 관심을 모았다.

"개업 초에는 Y공장에서 도장한 차를 맡겨주는 바람에 현상 유지가 가능했지. 광택비는 매월 말일에 계산했는데, 한번은 액수에 차질이 생겼어. 내 장부에는 공장에서 받을 돈이 23만 원으로 적혀 있고 공장 측 장부에는 25만 원으로 적혀 있었던 거야. 사장과 나는 언성을 높이면서까지 티격태격 따졌지. 그때 동석한 사장 친구가 불쑥 나서더군. 이봐요! 우리 박 사장은 양심 바르기로 소문난 사람이오. 당신 계산이 틀렸을 거요. 그러자 사장이 친구를 나무랐어. 이 사람아, 뭘 똑똑히 알고 대들어. 지금 더 달라 덜 주겠다 싸움이 아니고 덜 달라 더 주겠다 싸움이란 말야."

훗날 박 사장은 광택에 래커칠까지 겸하라고 코치해 주었는데 그 바람에 매상 액수가 갑자기 불어났다. 나는 고마움의 표시로 Y공장 차는 거의 반값으로 서비스했다.

"기똥찬 얘기를 하나 더 해줄게."

나는 직원들에게 또 재밌는 얘기를 털어놓았다.

"추운 겨울철인데도 밀려드는 광택 차량에 끼니를 거를 정도였어. 수염도 깎지 못하고 페인트로 범벅된 옷과 고무신 차림이니 사람꼴이 아니었지. 그때 대구에서 제일 큰 운수회사인 제일택시 노 사장한테서 전화가 걸려왔어. 김 작가, 여기 봉선다방인데 차 한잔 해. 아버지뻘인 노 사장은 나를 꼭 작가라고 불렀어. 내가 떠들어대는 소설 얘기에 반했거든. 운수업자가 왜 소설 애기를 좋아하는지 모르겠어, 하기야 나도 돈 좀 벌고 나면 글쓰기에 전념할 거야. 지금도 매일 일기를 쓰거든. 일기 쓰는 게 문장 연습인 셈이지."

"그래갖고, 노 사장을 만났능교?"

"다방에 들어가니 톱밥 난로가 열을 뿜어내고 있었어. 나는 난로 곁으로 가서 몸을 녹이며 홀을 두리번거렸지. 저쪽 구석에서 노 사장이 나를 보고 손을 흔들더군. 그런데 그때 누가 난데없이 내 배를 치는 거야. 어서 나가! 다방 마담이 나를 거지로 본 모양이야. 나는 빙그레 웃으며 사장이 앉아 있는 자리에 가 앉았지. 큰 회사 사장이 거지를 반기는 모습에 놀란 마담은 얼른 내 곁에 앉아 아양을 떨더군. 이를 우쩌면 좋으니꺼. 그러자 노 사장이 한마디하더군. 아니, 로터리광택센터 김 사장을 모른다카이 말이 되나? 노 사장이 껄껄 웃자 마담은 거듭 머리를 조아리고 나서 서빙하는 레지들을 불렀어. 느그들은 김 사장님 얼굴도 모르나? 내가 이래 죄를 짓도록 말이더. 응?"

"그래서 레지들은 우쨌능교?"

"지들도 매일 로터리공업사에 커피 배달은 하지만도, 이분이 사장님이신 걸 몰랐심더. 저런 거지꼴을 우째 사장님인 줄 알겠능교."

나는 직원들에게 넉넉한 웃음을 날려주었다. 그처럼 잘 나가던 공장에 불이 났다. 고급 외제 차 등 주차한 차들을 모두 태우는 바람에 다시 거지가 되었다. 그래도 기술과 시설이 남아 있어 재기할 수 있었는데, 이번에는 화투에 홀려 진짜 거지가 되고 말았다.

불에 타버린 공장을 보며 시름에 잠겨 있을 때였다. 평소 나를 형님으로 모시던 룸싸롱 업주가 기분 전환하러 나가자고 꾀었다. 그는 나를 데리고 변두리 동네 구석 집으로 데려갔다. 안방에서는 화투판이 벌어지고, 그날 나는 돈 몇 푼을 땄다. 그게 미끼였다.

이튿날부터는 정식으로 노름판에 끼게 되었다. 노름꾼은 나까지 모두 6명인데 그중에는 관광버스 사장, 건설회사 사장, 지물도매상, 대형 중국집 사장도 끼어 있었다. 우리를 뒤에서 돌봐주는 패거리로는 장소 제공자, 돈 대주는 물주, 식사를 제공해주는 식모, 오줌 요강을 대주고 음료수를 사다주는 아가씨까지 가지각색이었다. 그들은 모두 수고비를 몇 배로 챙겨 결국 노름꾼들의 돈은 그쪽으로 흘러가게 마련이었다.

그런데 참 묘한 게 팔자였다. 만약 그때 노름에 홀리지 않았다면 서울에 갈 리도 없거니와 춘천옥(春川屋)이란 전설적인 요식업 신화를 남기지도 못했을 것이다. 백만 원도 없는 비렁거지가 불과 4년 만에 수백억을 벌었으니 말이다.

'마당 깊은 집'의 주변 풍경

김원우

[소설가 · 대구]

'마당 깊은 집'의 주변 풍경

김원우

↓

'마당 깊은 집'의 지적도를 그리자면, 대구 시내의 중심부를 관통하는 중앙통의 중앙파출소에서 염매시장을 왼쪽에 끼고 길게 이어지던 약전골목에 들어서야 한다. 1950년대에도 반듯한 아스팔트 포장도로였던 (한여름에는 아스팔트가 녹아서 고무신이 쩍쩍 달라붙곤 했다) 약전골목의 끝자락에는 붉은 벽돌 건물의 병영이 있었다. (엄숙한 단순성과 음침한 정적미를 잔뜩 움켜쥐고 있던 이 붉은 벽돌 건물은 왜정시대의 전형적인 구조물 중 하나인데, 그 견고성만큼은 단연 돋보이는 양식이었다. 병원이나 학교/병영 같은 건축물이 공공적인 예술 장르라는 당시의 안목을 시사하고 있다) 꽤 널찍한 연병장도 갖추고 있던 그곳이 6·25동란 직후에는 헌병 훈련부대로서(이내 타자수 여군 양성소로 바뀌었다) 새카만 겨울 새벽에도 소대 병력 세 조쯤이 줄지어 구보 훈련을 하며 목청껏 부르던 군가 합창이 일대의 지축을 울리곤 했다.

약전골목의 또 다른 이채로는 역시 일제강점기 때 지은 붉은 벽돌 건물에 높다랗게 치솟은 첨탑 위 십자가가 까마득히 멀었던 제일교회로서 언제라도 고즈넉한 분위기로 주위의 나지막한 민가를 굽어보고 있었다. 성탄절이 다가오면 사탕 같은 선물을 받으러 예배당 안으로 기어들어가곤 했는데, 어린 눈에도 이상근 목사의 믿음직한 자태와 인자한 음성을 듣고 있으면 저절로 숙연해졌다. 그이는 미국에서 신학박사 학위를 받고 돌아왔으며, 교회 뒤쪽에 붙어 있던 사택에는 온통 미제 물건뿐이라는 소문이 파다했다. (나중에 그이의 3남이 같은 고등학교 동기생이라서 그 소문의 진위를 물어봤더니 자기 집에는 영어책만 있을까, 미제 물건은 하나도 없다고, 너도 그런 헛소문을 믿었느냐고 싱글거리며 되레 물었다. 그 동기생은 나중에 서울 종로구의 한 교회 담임목사로 봉사했던 이성희 박사다) 거기서 지척의 거리에 '월촌약국'('달 마을'이라는 이런 한자 이름이 당시의 풍정을 웬만큼 대변하고 있다)이 신작로에 바짝 붙어 있었고, 약 이름을 먹글씨 한자로 적어놓은 서랍장 식 누런 약장(藥欌) 뒤쪽으로 살림집이 딸려 있었다. 어쩌다 약국 점포와 기역자로 붙은 대문이 열려 있을 때면, 반들거리는 시멘트를 빈틈없이 재새해놓은 마당과 그 한가운데 물음표 같은 펌프가 붙박여서 식수를 자아올리는 광경이 보이곤 했다.

월촌약국 옆으로 뚫린 좁다란 길목이 장관동(壯觀洞)으로 들어가는 고샅이었고, 얼추 7, 80미터 걸어가면 삼광(三光) 산부인과가 돌 박힌 흙담을 니은자로 기다랗게 둘러막아 삼거리를 근엄하게 치장했다. 검은 기와를 가지런히 얹은 그 흙담은 새카만 지붕만 우뚝 드러낼 뿐 그 안의 집채들을 너끈히 보호할 만큼 높았다. 삼광 산부인과의 정문에서 진찰실 출입구까지는 등나무 넝쿨이 그늘을 드리우고, 그 옆 공터에는 왜정 때 파놓은 방공호가 늘 축축한 기운을 내뿜으며 그 시커먼 아가리를 험상궂게 벌리고 있었다. 그 공터에서 얼쩡거리다 보면 더러 활짝 열어놓은 중문 안쪽에 널찍한 마당, 행랑채, 안채가 엄전스레 들어앉은 전형적인 시골 양반집이 다사로운 햇볕 속에 선경처럼 붙박여 있었다.

이상하게도 내 기억의 갈피에는 삼광 산부인과를 들락이던 임산부나 환자가 전무하다. 예나 이제나 병원이 파리를 날리고 있을 리 만무하건만, 풍뎅이처럼 뛰어다니느라고 그쪽으로는 한눈팔 짬도 없었던 듯하다. 다만 예의 그 삼거리 담벼락에 붙어서서 자기 성기를 꺼내놓고 주물럭거리던 미친 사내 하나가 추운 겨울에 한동안 출몰하더니 이내 사라졌는데, 동네 사람들은 처자식을 잃은 불쌍한 이북내기인갑다고 수군거렸다.

삼광 산부인과 앞에서 좁장한 골목길이 새총처럼 갈라지는데, 한쪽은 옥천병원으로 이어진다. 외과가 전문이었던 옥천병원도 예의 그 붉은 벽돌의 단층 건물로서 담벼락도 '아까랭까(赤煉瓦)'였는데, 유독 쓰레기 수거시설은 뽀얀 시멘트로 다부지게 만들어 담에다 껍처럼 붙여 놓았고, 그 속에는 크고 작은 마이신 약병이 늘 넘쳐나고 있었으며, 진한 소독약 냄새가 풍겨왔다. 다른 쪽 골목은 아주 길고 꾸불꾸불하니 종로로 나아가게 되는데, 곳곳에 기다란 판자때기를 어른 키만큼이나 높다랗게 이어붙인 담장도 당시에는 드물지 않았다. 종로에 나서서 왼쪽의 신작로를 따라 내려가면 개봉관이었던 만경관이 나오고, 오른쪽에는 중국 요릿집으로서는 대형에다 진짜 중국인이 운영하던 군방각(群芳閣)이, 그 맞은편에는 중국인 소학교가 있었다. 흔히 화교(華僑)학교라고 부르던 그 건너편에는 2층 붉은 벽돌집인 성누가병원이 길가에 바투 자리 잡고 있었으나, 이내 헐려버렸는지 그 뒤의 기억이 희미하다.

장관동이 끝나면서 맞닿는 그 사거리에서 위로 곧게 쭉 뻗은 신작로를 3백 미터쯤 걸어가면 중앙통에 이르고, 아래쪽에는 나중에 사립 상서여중고의 교사로 승격했으나, 우리집 일가가 대구에서의 피난민 생활에 한창 터를 잡아가던 당시에는 경북고등학교가 임시교사로 사용하던 2층 목조건물이 있었다. 그 회색 목조건물의 아랫도리에는 자그락거리는 뽀얀 자갈을 깔아둔 골프장이 있었는데, 맥고모자를 쓴 중년 신사들이 조를 짜서 아기자기한 장애물을 설치해놓은 골프 코스를 따라가며 소말소말 얽은 작은 공을 철제 막대기로 톡톡 쳐대고, 연이어 나무 판때기에 매달린 연필을 번갈아 집어서 점수를 매기곤 했다. (그 골프채는 미제가 아니었을까 싶은데, 골프장 주인집에 미국인 선교사들도 들락이고, 고아원을 운영하며 고아들을 미국에 입양시키고 있다는 풍문이 들리곤 했기 때문이다. 그 골프장은 13홀까지 있었던 게 틀림없고, 후방의 전쟁 경기 덕분으로 봄여름 한철에는 성업 중이었다)

　종로통에서는 제일 목이 좋던 그 사거리 초입에는 길가로 벽장 식 붙박이 화덕을 내걸어놓고 도톰한 갈색 호떡과 풍선처럼 부풀어 오른 진갈색의 둥그런 공갈빵을 연중 내내 구워내던 부엌만한 중국집이 있었다. 내가 고등학교 2학년 때도 그 집에서 친구들과 두툼하니 구워낸 동그란 호떡을 사 먹은 기억이 남아 있는데, 4인용 탁자가 세 개뿐일 정도로 비좁은 공간인데도, 바로 곁에서 밀가루 반죽을 치대던 중국인 중늙은이는 늘 털실로 짠 따뱅이를 대머리 위에 얹고서 손등으로 땀을 훔치곤 했다.

↓

　'마당 깊은 집'은 월촌약국에서 한 집 건너에 허름한 나무짝 대문을 달고 있던 집이었다. 월촌약국의 옆집은 자유당 소속의 국회의원이었다가 어느 해 선거에서 차점자로 아슬아슬하게 떨어지자 한밤중에 온 집 안이 울음바다로 돌변해버리는 장관을 펼치기도 했었는데, 내 기억으로는 그 국회의원의 함자가 이우출이었던 것 같지만, 아슴아슴하다. 길가와 바투 붙어 있던 그 찌그럭거리는 나무짝 대문을 걸터넘고 들어서면 우리 일가가 세 들어 살던 두 칸짜리 셋방과 본채까지는 거의 50미터쯤이나 걸어 들어가야 해서 모친이 '마당 깊은 집'이라고 불러 버릇했다. 장관동 일대에서 여기저기 옮겨 다닌 셋집이, 1960년에 남산동으로 이

사 가기 전까지 예닐곱 집이나 되었으니 한 해가 멀다 하고 '자식을 넷이나 데리고 사는 과수댁'은 예제 없이 옮겨 다녀야 했다. 그중에서도 화교학교 건너편의 골목 안에 있던 영관급 육군 장교의 집, 약전골목의 한복판에 자리 잡은 덕제(德劑)한의원의 행랑채에서 전세살이를 하던 집, 더불어 '마당 깊은 집'은 제법 이색적인 주인집 일가의 면면 때문에라도 특기해둘 만하다.

늘 운전병이 딸린 군용 지프차로 출퇴근하던 예의 그 육군 중령은 배가 장독처럼 불룩한 뚱보로서 그의 부인도 덩달아 몸매가 부했으나, 어지럼증이 심하다며 우물가에서 염소의 멱을 딴 그 생피를 흰 사기그릇째 벌컥거리는 여장부였다. 나중에 듣기로는 그 비만이 화근이었던지 남편은 진급도 못하고 일찍 죽었다고, 뒤이어 부인의 옷차림이 난해졌다고, 아들자식은 사업을 한다면서 그 좋은 디근자 집을 팔았다가 이내 날려 먹었다고 했다. 덕제한의원의 주인은 지씨 성을 가진 양반으로 훤칠한 키에 미남이었고, 사교춤을 잘 추는 사람이라 밤마다 외출하곤 했는데, 이복형제들과는 외양이 아주 다른 첩실 소생의 아들자식 하나를 한약방의 구석방에 묵히며 밥상도 따로 차려주곤 했다. 참으로 기이하게도 그 선선하던 지씨는 약전골목의 애물로 내돌려지던 거북이 한 마리를 사들여 한약재로 쓴다면서 놉을 해서 잡았는데, 얼추 교자상만큼이나 큼직한 그 거북등짝을 마당에다 내걸어두어 한동안 파리떼로 온 집안을 새카맣게 포장해버리는 촌극을 빚어냈다. 듣기로는 거북은 영물이라서 잡아들여서는 안 되고, 잘 모셨다가 바다에 풀어줘야 한다는데, 그 후 지씨 집 자식들이 '잘 안 풀리고' 그중 하나는 정신장애도 겪는다는 말을 나는 모친으로부터 듣고 한참이나 고개를 주억거렸다. 지씨의 본부인은 경주댁으로 단순호치란 말 그대로 인물이 정말 고왔다. 대개의 우리 얼굴은 남녀를 막론하고 입술이 특히나 못생겼고, 색깔이야 나중 일이고 그 두께와 길이, 인중과 입꼬리의 모양새가 방정하지 않은데, 경주댁은 그 점에서 단연 뛰어난 미인이었다. 그 경주댁은 나의 모친과 친동기처럼 살갑게 지내던 사이였다.

　나의 친형 김원일 씨가 작가로서 솔직히 술회한 대로 장편소설 『마당 깊은 집』의 등장인물들은 반 이상이 창작품이거나 그 당시 듣고 경험한 여러 일화와 사연들을 적절히 변형하여 한군데다 불러들인 것이지만, 그 주인집 식구들의 실상은 아직도 내 기억에 생생히 남아 있다. 우선 집주인 곧 가장은 나비넥타이를 매고 아침 일찍 출근하면 밤늦게서야 돌아오던 환갑 연치의 깎은선비형 신사로서 어느 방직회사에서 전무로 재직 중인 기술직 경영인이었다. (아마도 그이의 성씨가 조가였던 듯한데, 그 이름이 조상연이 아니었던가 싶지만 미심쩍다) 워낙 과묵한 양반이었고, 일본의 어느 대학에서 섬유 직조를 전공했다는 말을 들은 듯한데, 사실일 것이다. 머리에 포마드 기름을 발라 단정히 빗고 신사복을 입고 나서면 그 하얀 얼굴만으로도 벌써 여느 장삼이사와는 품위가 달랐다. 그의 장남도 해맑은 얼굴의 귀공자로 무슨 까닭인지 취직을 하지 않고 집에서 조수 겸 친구 하나와 광목에 갖가지 사방연속무늬를 찍어내는 날염 실험을 하느라고 마당 한 귀퉁이에 드럼통을 설치해놓고 장작불을 지피곤 했다. (그 날염의 색깔이 왠지 청색뿐이었던 것도 기억에 남아 있다) 아마도 그 단조로운 연속무늬의 광목천을 대량 생산하기 위해, 또 그 판로를 알아보느라고 그러는지 어디론가 출타하면 며칠씩이나 얼굴을 비치지 않았다. 그의 아내는 뒤통수 바로 밑의 등줄기에 혹이 불쑥 튀어나온 꼽추였다. 그런 선천성 장애에도 불구하고 아주 부지런할뿐더러 염렵하고, 뽀얀 얼굴에 이목구비가 선명한 미인으로 싹싹했다. 시어머니는 큰방에 차려

지는 두리기 밥상이나 다독거릴까, 대가족 살림을 맏며느리 꼽추에게
내맡기고 안방의 보료에서 꼼짝도 하지 않았다. 맏며느리는 잠시도 가
만히 있지 않고 온종일 살림 건사로 동동걸음을 쳐댔다. 그러면서도 마
당 한가운데다 얼추 농구장만한 정원을 꾸며서 맨드라미, 채송화, 해바
라기, 봉선화, 분꽃 같은 화초를 빼곡히 심어두고 있었는데, 그녀의 손
톱에는 늘 옥도정기 색깔의 봉숭아 꽃물이 들어 있었다. 주인집 대청 앞
에는 반반한 축대와 섬돌 세 개가 안채를 반듯하게 돋보이도록 깔려 있
었고, 그 테두리와 정원 사이에는 장작을 패는 통나무 받침대와 지저깨
비와 장작개비가 늘 부풋하니 널려 있었다. 그 장작더미를 땔나무로 패
서 부엌으로 나르고, 나머지는 대청과 쪽마루 밑에다 켜켜이 포개놓는
장골이 꼽추 며느리의 시동생들로서 영길이, 영구, 영준이였다. 위의 두
형제는 연년생으로 그때 어느 사립 고등학교에 다니고 있었고, 막내는
나보다 한 살쯤 많았지 싶은데, 두 형보다는 몸이 약골이었다. 세 형제
의 학업을 돌봐주는 입주 가정교사가 어느 날부터 위채의 제일 오른쪽
가두리 방을 독차지하고, 밥상도 아침저녁으로 그 방에서 독상으로 받
으면서, 세 형제를 번갈아 불러들여 공부를 시켰다. 그 가정교사는 외양
도 아주 반듯한데다 풀 먹인 하얀 와이셔츠를 입고 외출할 때는 그 빳빳
한 옷걸이가 사뿐사뿐 걸어가는 것 같았다. 경북대 의대생이었던 그는
밤늦도록 두툼한 의학 서적을 펼쳐놓고 연필을 토닥이는가 하면, 더러
는 종이 상자 속의 누르스름한 사람 뼈를 꺼내 들고 어느 부위를 외우곤
했다.

　위채와 기역자로 연이어 있던 행랑채의 제일 구석방 두 칸에서 우리
일가 다섯 식구가, 모친을 비롯하여 누나와 형과 나와 세 살 밑의 동생
이 말 그대로 피난민답게 오글오글 끼여서 살았다. 역시 붉은 벽돌로 높

직하게 쌓아 올린 옆집 담벼락 밑에서 그 의지간을 부엌으로 삼아 숯 포대와 자질구레한 세간을 널어놓은 궁티 나는 살림이었다. 형이 진영에서 초등학교를 졸업하고 중학교 진학을 위해 대구로 올라왔을 때는 옥천병원 골목길에 있던 '욕쟁이 할매집'에서 기거하고 있었는데, 식구가 늘어나서 만부득이 '마당 깊은 집'으로 옮겨 앉은 것이다. 그러니까 1956년부터 햇수로 두 해 남짓 그 집에서 살았던 듯하고, 누님은 고등학교를 졸업하고 엄마의 바느질 품팔이 일을 도우면서 『여원』 같은 과월호 잡지를 헌책방에서 사서 밤새 숙독하곤 했다.

그 '마당 깊은 집'에서 나는 당시 공전의 베스트셀러였던 김종래의 장편 만화책 『엄마 찾아 삼만리』를 탐독하는 묘한 운명과 조우했다. (박기당의 블록버스터 만화 『불가사리』도 그때 읽었다) 주인집의 예의 그 삼 형제가 대본집에서 빌려온 상하 권의 두꺼운 양장본 만화를 새치기로 얻어본 것인데, 주인공 금순이가 천신만고를 무릅쓰고 엄마를 찾아 헤매는 정경들이 눈물겨웠을 뿐만 아니라 특히나 마지막 문장이, '오늘도 추풍령 고개에는 가랑잎이 하나둘 떨어지고' 운운해서 짠해지던 감동을 오롯이 새길 수 있었다. 책 읽기를 평생토록 나의 유일한 도락거리로 삼은 배경에는 이처럼 '마당 깊은 집'을 빼놓을 수 없으니 사람의 팔자에 작용하는 '환경'은 유전인자보다 더 막강하지 않나 싶다. 생활 공간이야말로 감성/감각을 개발, 섬세화시키는 가장 직접적인 동력원일 것이다.

↓

소설 장르로서의 자연주의나 사실주의 같은 기법도 결국 묘사와 표현의 근거 추적이라는 점에서 일맥상통하는데, 그 배경으로서 생활환경의 조작과 주요 인물의 유전적/후천적 성징을 어떻게 여실히 그려내는가에 매달릴 수밖에 없게 되어 있다. 인물의 특징을, 나아가서 그만의 유일무

이한 개성을 어떤 식으로 부각시키느냐가 소설 한 편의 성공 여부를 판가름한다고 흔히 말하지만, 그 바탕에 깔린 출신 성분, 양친과 가족의 성향, 생업, 주거 환경, 활동 반경 등에 따라붙는 변별점 등이 더 종요롭다는 것은 소설작법에서의 제1 원칙이나 다를 바 없다. 따라서 '환경'은 유전 이상으로 소설의 얼굴과 머리와 몸통을 완전히 장악하고 있는 활력소에 값한다고 해야 옳을 것이다. 그런 의미에서도 장면예술이자 시간예술인 영화는 능소능대한 주인공의 화려한 연기, 곧 그 캐릭터가 옥내외 세트보다 먼저 관객의 시선에 압도적으로 육박해오는 데 반해 언어예술인 소설은 '환경 우위론'을 펼칠 수밖에 없다. 그래서 영화는 본질적으로 통속극을 지향하며, 모든 통속소설은 주인공이 주변 환경/인물을 압도하고, 무찌르며, 군림하는 활극에 그치고 만다.

보다시피 『마당 깊은 집』은 아주 특이한 '환경'을 선험적으로 조성, 여러 인물을 그 불비한 환경과 싸우는 캐릭터로 조작함으로써 리얼리즘 소설의 한 면모를 재구성해내고 있다. 작금의 지구 환경에서 벌어지고 있는 숱한 재난을 보더라도 인간은, 더불어 과학도 '환경'에 패배할 수밖에 없는 비극을 곱다시 감당하게 되어 있는데, 그에 반하는 '서사 얽기'야 한낱 허튼수작이 아니고 무엇이겠는가. 우주공간과 외계에서의 싸움을 조작하는 과학공상소설도 같은 맥락에서 읽을 수 있다. 부분적으로는 미래를 예언할 수도 있지만, 우선 재미에 이바지하는 그 흥행성의 근거는 '환경'과의 진지한 싸움을 기피, 지구로의 귀환 같은 가짜 승리('해피 엔드'의 다른 말이다)에 투항, 만족하는 데 있다.

참으로 이상하게도 약전골목, 장관동, '마당 깊은 집', 덕제한의원, 뚱보 장교, 예의 그 '욕쟁이 할매'의 수양딸로서 우리 일가에게 인정스러웠던 '옥향'이라는 기생 등등을 떠올리면 나의 기억의 저장고는 얄궂은 상념을, 지금도 여전히 생생하게 다가와서 펼쳐지는 여러 장면을 마구 자아올리는 화수분 같기만 하다. 모진 가난과 애비 없는 자식으로서의 설움 같은 숙명적인 '환경'이 한편으로 조숙을 강제하면서 잊히지 않는 기억을 평생 간직하도록 죄어치는 마력을 꾸준히 발휘하고 있는 게 아닌가 싶다.

↓

추기 1 '마당 깊은 집'에서 나의 최초의 독서 경험담을, 비록 만화책 독파에 그치긴 했어도 그 정경을 털어놓았으니, 이제는 나의 최초의 영화 감상담과 그 비화를 공개해야 하지 않을까 싶다. 이미 밝혀져 있는 대로 '마당 깊은 집'에서의 우리 가족 다섯 식구의 호구지책은 전적으로 나의 모친의 삯바느질 품팔이에 의지하고 있었다. 그냥저냥 끼니나 안 거르고 사는 형편이라서 영화관 출입은 언감생심인데, 하루는 모친이 교동시장 입구의 외화 전용 영화관 자유극장으로 나를 데리고 갔다. '특별 관람권' 같은 문자가 적힌 인쇄물이었을 무료입장권은 당시 모친에게 단골로 한복을 맞춰 입던 일본인 여자가 꼭 가서 보라고 건네준 것이었다. 그 일본인 여자는 얼굴이 유달리 뽀얗고, 우리말은 어색했어도 대단히 인정스러운데다 한복을 즐겨 입는 데서도 알 수 있듯이 교양미에 정숙미도 두루 갖춘, 나의 모친과 거의 동년배인 여성이었다. 그의 남편도 대구에서는 잘 알려진 사업가였고, 소문대로라면 그이의 시숙, 곧 남편의 친형이 자유극장의 사장이었던 듯하다. 그녀의 두 아들자식도 눈썹이 새카맣고 인물들이 아주 반듯했는데, 이공주라는 특이한 이름의 맏아들은 나중에 미국으로 조기 유학 가서 유명한 피아니스트로 금의환향했다. 그 밑의 아들은 이공천으로 나보다는 서너 해쯤 선배인데, 역시 고등학교 졸업 후 유학길에 오르지 않았나 싶다.

나로서는 참으로 이상한 경험이었다. 그럴 수밖에 없는 것이 가정 형편도 워낙 쩨이는데다, 바느질 일거리가 밀려서 눈코 뜰 새도 없던 모친이 영화관에서 한눈팔기를 하다니. 가당찮은 일이었다. 나중에서야 그 영화 관람권의 출처도, 우리 식구 누구에게도 '누구를 위하여 종은 울리나'를 나와 함께 봤다는 말을 털어놓지 않은 사연을 대충 짐작했다. 과수댁으로서 낮에 영화관 출입이 적잖이 켕기는 데다 나의 평소 과묵과 눈치 빠른 성정을 잘 알아서 호위병으로 데리고 가기에는 안성맞춤이었을 테니까. 아무튼 키가 큰 미남 배우 게리 쿠퍼와 청초한 처녀 역의 잉그리드 버그만이 야전용 침낭 속에서 서로 코를 맞비빈다던가, 마지막에는 헤어질 수 없다고 발버둥치는 잉그리드 버그만을 말에 태워 사선을 뚫는 장면 등이 내 뇌리에서 며칠 내내 얼쩡거렸다. 잉그리드 버그만은 연기로나 인물로나 가장 뛰어나고 그만큼 특이한 명배우겠는데, 그런 초일류 배우를 첫 영화 감상으로 알았으니, 그 후 본 다른 영화들은 어느 것이라도 내게 형편없는 졸작일 수밖에 없었다. 단체 관람으로 본 '유관순' 같은 영화가 그때 벌써 너무 시시했다. 내가 (그 당시의 말대로라면) 방화나 국제적으로도 성가를 한창 떠올리고 있는 요즘의 한국 영화를 생리적으로 거부, 감상 자체를 기피하는 것은 바로 최초의 외화 감상이 덮어씌운 '낙인' 때문이 아니었나 하는 생각을 평생 지울 수 없다. (물론 외화도 유명 감독의 작품만 골라서 보는데, 우리 영화의 미달, 미숙에 대해서는 나름의 감상은 갖고 있다, 일방적인 편견이 지나치다고 하든 말든. 영화 감상에는 각자가 나름의 취향이란 것을 고수하는 터이니까. 한마디만 보태면 우리 영화는, 연기부터 대사, 복장, 장신구, 촬영기법, 실내외 배경까지 엉성한 '과장'이 자못 우심하다. 그 '과장'을 직시하려면 내가 고개를 빠뜨리고 면구스러워지는데 어쩌란 말인가.)

추기 2_2천년대 들어와서였다. 여름방학 중에도 꼬박꼬박 출근하여 학기 중 벼르고 있던 소설을 쓰려고 하던 참인데, 인문관의 출입을 통제한다고 했다. 천장을 뜯어내는 공사를 벌이니 어쩔 수 없다는 것이었다. 연구실이 아니면 글을 못 쓰는 데다, 사전을 늘 뒤적거리는 버릇 때문에라도 이번 여름방학은 망했다고, 건짜증이 나서 미칠 판이었다. 그렇다고 달리 시간을 때울 만한 다른 일거리가 있지도 않았다. 무슨 여기나 소일거리도 없이 사시장철 무재미, 무재주로 사는, 놀 줄도 모르는 나의 반편이 삶은 참으로 딱한 노릇이었다. 학교 내의 중앙도서관에 가서 밀쳐둔 책이나 읽으면서 빈둥거리자니 그 짓도 사전을 뒤적거릴 수 없는 '공간' 이라서 마땅찮았다.

문득 수삼 년째 벼르기만 하던 숙제거리가 떠올랐다. 그 일은 일본 현대 영화의 신경지를 개척했다고 알려져 있고, 소시민의 애환을, 더불어 일본의 전통적인 정서와 심성을 거의 정점에까지 끌어올렸다는 정평을 듣는 오즈 야스지로(小津安二郎)의 '맥추(麥秋)' '동경 이야기' 등을 차제에 감상해보자는 해묵은 숙제였다.

바로 다음날 만사를 전폐하고 중앙도서관 1층의 한쪽 구석에 있던 시청각 자료실에 갔더니 오즈 감독의 중요 작품은 거의 다 갖고 있다고 했으나, 한때 대여점에서 빌려주던 비디오처럼 그 화면이 흐릿하다면서 그래도 보겠느냐고 했다. 내친김이라 예의 '동경 이야기' 부터 대출해서, 그 작동법을 몰라서 직원의 도움을 받아 가며 한쪽 구석에 마련된 1인 감상석에서, 그러니 낡은 구형의 데스크탑 컴퓨터 화면이 온통 흐릿하기 짝이 없는 채로나마, 흔히 말하는 대로 '비가 줄줄 흐르는' 장면들을 감상하기 시작했다. 일본어가 들리다 말다 하고, 화면도 보이다 말다 하는데도 흐릿한 한글 자막이 요긴해서 줄거리를 따라가기는 수월했다. 몇 편 연거푸 보고 나니 오즈의 영상미가 워낙 느긋하달까, 찬찬하기 이를 데 없고, 그의 서사가 꼭 필요한 장면만의 연쇄로 풀어지므로 자막을 굳이 보지 않아도 감상에는 지장이 없게 되어 있었다. 이틀 동안 오즈의 작품들을 대여섯 편쯤 감상했는데, 나중에는 그의 일본 예찬이 일종의 매너리즘에 빠진 게 아닌가 하는 감상을 똑똑히 새기면서도 우리 영화에서 보는 그 엉터리 같은 과장을 철저히 불식하고 있는 것만으로도 당대의 영화 문법에 수일한 성과를 보탰다는 과대평가에 동의할 만했다. 그 감상의 세목은 다른 기회에 제대로 써야 할 일이지만, 오즈의 작품에 거의 다 나오는 여주인공 하라 세츠코(原節子)의 매력은 우리의 여배우들과는 전혀 다른, 일본 여성의 전통적인 배려, 인정미, 인내, 겸손, 우수, 애상미 같은 것을 (상투어가 아깝지 않게) '내면연기'로 드러내는데 탁월했다.

정년퇴직 후 난생처음으로 컴퓨터를 장만하고 유튜브로 다시 오즈 감독의 대표작 서너 편을 틈틈이 감상했다. 훨씬 선명한 화면인데도 10여 년 전의 그 시청각실에서의 감흥이 살아나지 않았다. 단정한 시선으로 풀어가는 오즈의 '작가주의'조차도 좀 답답한 연출법이 아닐까 하는 감상이 여실했으나, 그 확실한 '작의'가 일본의 국격/국풍이라고 이를 만한 찬찬한 정서를, 예술에의 어떤 진지성을 전하는 데 손색이 없었다. 특히나 감독의 연기 지도를 가뿐하게/그윽하게 소화, 구현해내는 하라 세츠코의 그 원숙미에서 나는 예전의 그 무료 영화 관람권을 전해준 장관동의 한 일본 여자를 시종 떠올리고 있었다. 인기가 절정이었던 40대 초반에, 오즈 감독이 죽자 곧장 은퇴하여 가마쿠라(鎌倉)에서 평생 독신으로 조촐히 '은거(隱居)'의 삶을 누렸다는데, 그런 처신조차도 단정한 절제미, 과감한 생략미를 구현해낸 그 일련의 영화적 품격과 개성을 그대로 실천한 것이었다. 화면에서의 그 기품을 연장하느라고 일본 고유의 그 '와비', 곧 소박하고 차분하니 유한(幽閒)한 정취를 즐기면서 아흔다섯 살까지 생의 어떤 완성을 지향해간 것 같은데, 우리 영화계의 속성과는 단연 대조적인 이채가 아닐 수 없다.

지금도 예의 그 장관동의 귀화한 일본 여자의 후반생이 어떤 모습이었을지 자못 궁금하다. 휴전 후의 그 각박한 생활 중에도 한복을 철철이 맞춰 입고, 이웃에게 인정을 베풀기도 했으니. 일본 남자들에 대한 내 선입관은 대체로 그 꿍꿍이속을 알 수 없는, 좀 투미한 첩보원 같다는 식으로 나쁘게 각인되어 있는 데 반해, 일본 여자들은 여성스럽다기보다 말 그대로 '인간미의 순도'가 수채화의 색상처럼 여실하다는 쪽이다.

산문

내가 사랑한 명화

김원일

[소설가 · 대구]

내가 사랑한 명화

김원일

서리 철의 들국화, 비극의 주인공

중학교 3학년 시절, 공부에는 별 취미가 없던 나는 틈만 나면 공책에 낙서 삼아 연필화를 그렸다. 1955년 24세에 교통사고로 죽어 그 추모의 열기가 한국에까지 뜨겁던 영화배우 제임스 딘을 흠모한 나머지 그의 초상화를 그려 방 벽에 붙여놓으면, 어머니께 바느질 일감을 맡기러 온 앳된 아가씨(전쟁의 상처를 누구보다 가혹하게 입은 요정 출근 아가씨)들로부터 배우와 똑같이 그렸다는 호들갑스러운 칭찬을 받기도 했다.

그 무렵 내가 석간으로 배달하던 신문에 '몽마르트르의 화가' 아메데오 모딜리아니의 생애를 소개한 기사와, 그의 여자를 주인공으로 그린 〈소녀의 초상(잔 에뷔테른)〉이 함께 실렸다. 가난과 술에 찌든 채 결핵에 의한 뇌막염으로 36세에 자선병원에서 생을 마감한 모딜리아니를 뒤따라 그의 아내 에뷔테른이 초라한 아파트 지붕 밑 방에서 투신자살했다는 내용으로, 그 슬픈 사연이 사춘기의 누선을 자극해 나는 눈물을 찔끔거리기까지 했다. 신문에 실린 동판 그림이 희미했음에도 나는 얼굴과 목이 긴 비극의 동반자 에뷔테른의 초상을 며칠에 걸쳐, 그 모습과 꼭 닮게 그릴 때까지 여러 장을 모사하며, 삶은 물론 죽음까지 함께할 수 있는 그런 여자와 죽도록 사랑을 나눈 모딜리아니를 부러워했다.

모딜리아니의 그림과 조각을 도판으로 본 때는 고등학교 3학년 무렵이다. 나는 그가 그린 나부상裸婦像을 보자마자, 주위에 아무도 없었음에도 '황홀한 부끄러움'으로 화면을 덮어버렸다. 긴 얼굴과 긴 코의 고혹적인 모습, 풍만한 가슴, 긴 허리, 치모까지 묘사된 몸의 관능적 눈부심에 황홀해진 것이 아니다. 나는 그 순간 중학교 때 내가 모사했던 에뷔테른의 슬픈 육체를 떠올렸고, 미지의 여인의 비밀스럽고 순결한 그 무엇을 엿보았다는 당혹감이 일었기 때문이다.

　모딜리아니는 에뷔테른의 초상을 여럿 그렸지만, 내가 중학교 때 신문에서 본 그녀의 모습이 가장 인상적이다. 긴 갈색 머리채를 어깨까지 내리고 정면을 쏘아보는 날카로운 눈매, 밀어버리고 싶은 듯 가늘고 긴 초승달 모양의 눈썹, 아주 긴 콧날, 꼭 다문 작은 입술, 학처럼 긴 목이 전형적인 모딜리아니 스타일의 여인상이다. 얼굴 형태의 비례가 실제와 전혀 맞지 않는데도 오히려 조화롭고 조금도 어색함이 없는 이 여인의 초상화를 보며, 나는 처음으로 예술에서의 과장과 강조의 비법을 이해했고 자기만의 눈으로 대상을 보아야 한다는 비밀을 터득했다.

　꽃으로 비유하자면 그림 속의 에뷔테른은 주위에서 흔하게 볼 수 있는 장미나 모란, 칸나와 같은 예쁘고 사랑스러운 모습이 아니라 사람들 눈에 잘 띄지 않은 채 찬서리를 맞아야 호젓이 피는 깊은 산속의 외로운 들국화 같다. 청교도적 싸늘함을 풍기는 그 모습을 오래 들여다보면, 서릿발 같은 차가움 속에 감추어진 한 여인의 우수와 비애, 나아가 서늘한 관능까지 엿보인다. 사랑을 헤프게 할 수 없고 단 한 사람을 목숨 바쳐 사랑하되 그 사람은 세속과 타협할 줄 모르는 불행하고 고고한 예술가여야 한다는, 자신이 가야 할 그 길을 이미 운명적으로 타고난 여성의 모습이다.

이탈리아 북부 리보르노에서 명문 유대계 가문의 네 자녀 중 막내로 태어난 모딜리아니가 몽마르트르에 정착해 그림을 그리기 시작한 것은 1906년부터이다. 초기에는 풍경화도 몇 점 그렸으나 그의 본령인 초상화와 나체화를 그리기 시작한 때는 파리 시절부터였고, 1920년에 사망할 때까지 그의 작품 활동은 고작 16년에 불과하다. 죽기 3년 전 베르트 베이유 화랑에서 개인전을 열기도 했으나, 생전에 큰 주목을 받지 못하고 늘 가난에 시달렸다. 미남 에트랑제이면서 자폐적 성격의 그에게 유일한 벗은 오직 술이었고, 그는 쉽게 알코올 중독에 빠져버렸다.

파리에 처음 갔을 때, 나는 유학 후 그곳에 주저앉아 파리의 에트랑제가 된 심 형에게 몽마르트르의 모딜리아니가 살았던 집까지 안내를 부탁했다. 둘은 그 집을 찾았고, 그 거리 목로에서 맥주를 마셨다. 취기가 돌고 낡은 건너편 건물이 흐린 시야에 들어온 순간, 나는 들국화 한 송이가 낙하하듯 투신자살한 에뷔테른의 환영을 보았다.

이발관 그림의 대중적 인기

내가 태어난 집은 아니지만 해방 후 서너 살 때부터 일곱 살 때까지 살았던 읍내 장터거리 공동 우물터 옆집은, 그동안 내가 몸담아 살았던 많은 집 중에 첫 기억으로 남아 있는 우리집으로, 단편 「어둠의 혼」, 장편 『불의 제전』에서 주인공의 배경이기도 하다. 스무 평 정도의 마당에는 담장 따라 꽃밭이 있고, 꽃밭 가운데 서 있던 석류나무 한 그루가 기억에 남아 있다. 방 두 개, 부엌 하나 딸린, 축대가 높이 앉아 있던 삼간 초가였다.

밥상 받을 만한 마루가 딸린 큰방 방문 위의 벽에는 장-프랑수아 밀레의 〈이삭 줍는 여인들〉 복사판 그림이 액자에 걸려 있었다. 1970년대까지 한국 시골집이면 흔하게 볼 수 있던 가족사진들은 걸려 있지 않았다. 아버지의 젊은 시절과 어머니의 처녀 적 사진이 지금도 남아 있음을 볼 때, 당시 개명된 집안인데도 왜 가족사진들이 걸려 있지 않았는지 성년에 들어서야 수긍이 갔다. 해방 후 아버지가 경남 도민청부위원장을 거쳐 남로당도당부위원장으로 동분서주 지하활동을 하며 경찰에 쫓기던 시절이라, 당신 얼굴이 들어간 사진을 남 보란 듯 버젓이 내걸 수 없었을 것이다.

〈이삭 줍는 여인들〉은, 마산상업학교를 졸업한 후 금융조합서기직을 몇 해 만에 집어치우곤 공부를 더 하겠다며 일본 도쿄로 나다니던 아버지가 타지에서 구해와 액자로 만들어 걸어놓았음이 틀림없었다. 이념주의자 성향이 대체로 그렇듯, 아버지는 문학과 예술에 조예가 깊은 낭만주의자였다.

우리 집안은 농사를 짓지 않았지만, 농촌 공동체 사회의 전통을 오래 지켜온 우리네 살림살이에 밀레의 그림은 친숙할 수밖에 없고, 그의 〈이삭 줍는 여인들〉이나 〈만종〉이 특히 사랑을 받아 '이발관 그림'의 단골 품목이 되었다. 밀레에 대한 친근감은 파리 오르세 미술관에서 〈이삭 줍는 여인들〉을 마주했을 때, 옛집 벽에 걸렸던 그 그림과 어린 시절의 아픈 기억을 떠올려 주었다. 선잠 깬 내가 놀랐듯, 오밤중에 집으로 숨어든 아버지를 체포하러 순경들이 구둣발째 방문을 벌컥 열어젖혔을 때 그림 속의 여인네들도 겁먹어 놀랐을 것이다.

지서와 민청의 들볶임으로 우리 가족은 고향에서 더 견뎌낼 수 없어, 1949년 이른 봄 우물터 옆집을 처분하고 서울로 솔가했다. 그러나 이듬

해 6월, 전쟁을 만났다. 그해 10월 하순, 피란민 신세로 다시 낙향한 내가 대구에 정착한 가족과 떨어져 고향의 주막집에 얹혀 지내기 전 토방 하나를 빌려 할머니와 살 때, 그림 속의 여인네들처럼 추수 끝난 들녘에서 썩어가는 벼 이삭을 주워 와 감자나 고구마를 섞어 시래기죽을 끓여 먹으며 전쟁 와중에 허기진 한 시절을 넘기기도 했다.

〈이삭 줍는 여인들〉은 밀레가 파리 교외 바르비종에 정착하여 몸소 농사를 지으며, 그곳 농민들의 고단한 삶을 진지하게 관찰한 끝에 얻은 성과물이다. 『구약성경』에 나오는 아름다운 이방 여인 룻은 남편이 죽은 뒤에도 친정으로 돌아가지 않고 이삭을 주워 병든 시어머니 나오미를 지성으로 섬겼는데, 그림 속의 여인들이야말로 룻의 후예들이다. 여기에 밀레의 종교적 심성이 은근하게 드러나 있다.

고교 시절 나는 특별활동으로 미술반에 적을 두었다. 미술 선생은 그림의 구도를 두고 밀레의 〈이삭 줍는 여인들〉을 예로 들었다. "이삭 줍는 세 여인을 나란히 세우면 밋밋하잖니. 그래서 화면에 동적 긴장감을 주기 위해 세 여인을 대각선으로 배치했는데, 오른쪽 엉거주춤 구부리고 있는 여인이 크게 부각되다 보니 전체적인 비중이 오른쪽으로 쏠리게 되지. 그 균형을 잡아 주는 게 등에 한 손을 얹고 이삭을 줍는 왼쪽 여인 뒤의 짚가리를 잔뜩 실은 마차와 건초더미다." 듣고 보니 선생 말씀이 그럴듯했고, 앞쪽의 암갈색 처리에서 세 여인 뒤로 점점 가벼워지는 갈색 톤을 두고 선생이 원근법의 색 처리를 설명할 때도 머리가 끄덕거려졌다.

밀레 이전의 농민화가 농민의 생활상을 희화화하여 익살 섞어 우스꽝스럽게 묘사했다면, 밀레는 농민들의 노동과 휴식을 애정 어린 시선으로 관찰하여 진지하고 엄숙하게 그린 첫 번째 농민 화가였다. 〈이삭 줍는 여인들〉의 세 여인은 햇볕 좋은 대지를 배경으로 그저 열심히 일에 열중하고 있을 뿐이다. 튼튼한 체격과 신중한 움직임이 전형적인 농촌 아낙의 품위를 느끼게 한다.

밀레의 바르비종 시절, 그의 그림은 '그저 그런 농민화'로 취급되어 화단의 주목을 받지 못하고 판매도 시원찮았다. 그의 생활은 무척 가난했으나, 성실하게 농민의 일상을 몸소 체험하며 자신의 작품 세계를 묵묵히 밀고 나갔다. 독창성이 떨어지면 보편성은 있는 법이고, 자기가 목표로 하는 지향점을 향해 성실하게 인내하다 보면 그 고집을 알아주는 햇빛도 찾아드는 게 세상살이의 이치다.

말년에 이르러서야 밀레의 진지한 농민 생활상의 재현, 목가적인 서정성, 종교적인 정감이 대중으로부터 폭발적인 사랑을 받게 되었다. 그의 그림과 이름은 국경을 넘어 세계로 퍼져 나갔고 인기 또한 당대 어느 화가에 못지않은 반석에 올랐다.

해학적인 풍속화, 장터 주막

단원檀園 김홍도는 조선조 후기 영·정조대에 활동한 대표적인 화가이다. 그는 산수·도석인물道釋人物·군선群仙·풍속·화조 등 통달하지 않은 분야가 없었고, 그의 스승 강세황은 이 출중한 제자를 두고 "우리나라 금세의 신필神筆"이라 칭송했다. 단원은 도화서 화원으로 영조와 정조의 어진御眞을 그렸고, 임금의 명으로 동해안 금강산 일대를 기행하며 그곳 명승지 진경산수를 그려 바쳤다. 정조가 그를 특별히 총애해 벼슬이 현감에 이르렀다.

단원의 서첩을 보면 자유자재한 수묵의 처리, 묵선墨線의 웅혼한 필력, 부드럽고 온화한 담채淡彩의 투명성, 탁월한 공간 구성 등 어느 화제를 취하든 감탄이 절로 나온다. 말을 타고 가던 선비가 나무에 앉은 꾀꼬리 울음에 문득 고개를 돌리는 〈마상청앵도馬上聽鶯圖〉(18세기 후반)는 풍류와 시정이 넘치는 그림으로, 그 감각의 탁월성이 놀랍다. 그러나 나는 소설 쓰기가 생업이요, 대저 소설이란 장르가 자신이 몸담고 있는 사회와 사람과 생업을 좇는 게 소임이다 보니, 조선 후기 서민들의 생활과 생업을 해학섞어 활달하게 그린 단원의 『풍속화첩』에 마음이 더 끌린다.

화첩 중 한 폭으로 그린 장터의 주막 풍경은 나로 하여금 어릴 적 추억과 조우케 한다. 닷새마다 장이 서는 읍내 장터 주변에서 소년기를 보내며 성장한 나로서는 어린 시절 장터 풍경을 잊을 수가 없다. 장날이면 장터 마당 귀퉁이에는 약장수 패의 풍물 소리가 요란했고, 곡마단 패라도 들어오면 그 신나는 트럼펫 소리가 아이들과 처녀들의 넋을 뽑았다. 싸전, 베전, 목기전, 어물전, 잡화전을 돌다 보면 볼거리도 많고 먹거리도 풍성했다. 장날이면 읍내로 들어오는 사통팔달한 길에는 근동 마을 사람들의 장 나들이로 흰옷이 점점이 깔렸다.

어릴 적 보고 듣고 먹은 기억이야말로 평생 앙금처럼 남아 한 인간의 생을 좌우한다. 예술가의 작품을 분석해보면, 그 내면에는 프루스트의 소설처럼 이제는 잃어버린 시간, 어린 시절 앙금으로 남은 추억과 자주 만나게 된다. 내 소설에 시골 장터를 배경으로 장사꾼과 장꾼이 주인공인 작품이 많은 것도 우연이 아니다.

전쟁이 난 1950년 겨울부터 초등학교를 졸업한 1954년 봄까지 나는 고향 장터 마당에서 국밥과 술을 팔던 주막에 얹혀 불목하니로 지냈는데, 그림을 통해 보는 주막의 풍경이야말로 200년 전 단원이 살았던 시대나 내가 소년기를 보낸 당시나 별 변함이 없어, 근대가 얼마나 오랫동안 우리 실생활을 지배해왔나를 짐작할 수 있고 그 후 반세기를 넘길 동안 현대가 광속처럼 빠르게 시속을 변화시켰음을 한눈에 읽을 수 있다. 지금도 시골을 여행하다 아직도 남아 있는 오일장과 맞닥뜨리면, 어릴 적 추억이 또렷이 살아나는데 그 풍경이 예전 같지 않아 도무지 실감이 나지 않는다.

〈주막〉은 벽이 없고 지붕과 기둥만 있는 장옥長屋 풍경이다. 장터에는 여러 채 나란히 지은 이런 집을 흔히 볼 수 있는데, 가가假家라고도 불렀다. 장옥엔 먹거리 중에 햇볕에 약한 어물전이 주로 들어섰고, 한편에는 간이 주막이 자리 잡아 장터에 모인 사람들에게 음식과 술을 팔았다.

장옥 주막에는 어른 셋에 아이 하나, 등장인물이 넷이다. 장에 나온 중년 부부와 주모와 주모의 자식이다. 소출한 곡물이나 겨우내 길쌈한 베를 장에서 후한 값으로 팔았는지, 장꾼 부부의 표정이 넉넉하다. 갓쟁이 사내는 국밥 한 그릇을 비우고 배가 그득해 흐뭇한 표정으로 뚝배기의 남은 국물마저 숟가락질하고 있다.

재미있기는 갓쟁이의 처로 보이는 아낙네의 행티다. 곰방대를 입에 문 것까지는 좋은데, 장에 내다 판 물건의 돈을 자신이 챙겼는지 주머니 풀어 셈을 치르고 있다. 봉급을 온라인으로 아내 통장에 입금시키는 오늘의 관행에 그 싹수가 보이는 장면이기도 하다. 저고리 깃 사이로 비어져 나온 늘어진 젖까지 단원은 놓치지 않고 그려 넣었다. 슬하에 사내자식을 네댓 낳은 여인은 남 앞에 젖을 내놓아도 당당하고 자랑스럽다. 장터 한 귀퉁이에서 행상 떡으로 요기를 한 후, 등에 업은 젖먹이 자식을 앞으로 돌려 안고 큰 젖통이를 치맛말기에서 풀어내어 태연히 젖을 먹이던 쭝실한 촌부를 나 역시 어린 시절 많이 보았다.

엿장수 가위질 소리에 홀렸는지 사내애가 엄마 등 뒤에서 몇 푼을 달라고 조른다. 국자로 뿌연 막걸리를 사발에 퍼내며 주모는 아들 쪽으로 밉지 않은 눈길을 준다.

거친 필력을 자유자재로 휘둘러 장터 주막의 한 정경을 유감없이 드러낸 풍속화이다. 단원의 사람됨을 그린 글에 따르면, 외모가 수려하고 풍채가 좋았으며 도량 또한 넓고 성격이 활달해 마치 신선과 같았다 하니, 〈주막〉 정경에서도 소탈한 그의 품격이 배어 있다.

조선조 후기에는 김홍도, 신윤복, 김득신 같은 우수한 풍속화가가 배출되어 동시대의 사람과 생업을 친밀감 있게 표현했고, 동시대의 관습·복식·건축 등 부수적인 자료를 후대에 제공하기도 했는데, 그 전통의 맥이 끊겨버렸는지 이 시대는 예쁘장한 벽걸이용 산수화는 흔해도 해학적인 소박한 풍속화를 자주 접할 수 없음이 유감이다.

내 고향 청송

김주영
[소설가 · 청송]

내 고향 청송

김주영

1. 고향의 기억은 글쓰기의 원형질

일생 동안 끊임없이 이동하며 척박한 삶을 살아가는 유목민들은 모든 소유물을 몽땅 가지고 다닌다. 가재 도구와 가축은 물론 비단과 향수, 씨앗과 소금, 요강과 유골, 물통과 식칼, 빈대와 벼룩, 바람과 빛의 세기를 가늠할 수 있는 예민한 촉각, 적대적인 환경과 싸워 이길 수 있는 기백과 인내심, 하물며 번뇌와 증오, 분노와 저주까지도 항상 몸에 지니고 다닌다.

작가도 그와 다르지 않다. 그들 역시 생명이 다할 때까지 고향의 냄새와 온기, 사소하게 스쳐간 기억과 바람까지, 먼 데로 날아간 새소리, 돌담 위로 희미하게 떠돌던 저녁 연기의 빛깔까지도 기억 속에 담아 일생을 함께 간다. 그가 태어난 고향에는 그를 낳아준 어머니가 있고, 호기심 많았던 철부지 시절 그를 매료시켰던 여러 장면들과 경험이 있고, 배를 주렸던 가난이 있고, 쉬리와 버들치 같은 작은 물고기들이 수초를 따라 쏜살같이 헤엄치던 봇도랑 물과 시냇물이 흐르고, 고추잠자리가 낮게 날거나 지렁이가 땅 위로 올라오면 비가 올 징조이고, 소나기는 삼형제라는 생활의 지혜를 귀동냥해주었던 늙은이들, 돌이켜보면 누구에게나 있었던 평범하고 하잘것없는 경험과 풍경들이었다.

그러나 그런 사소한 것들이 나를 키웠다는 것을 깨닫게 된다. 내 누추한 영혼이 세상의 온갖 더러움과 탐욕과 저주와 속임수와 거들먹거림과 시기심으로 오염되기 전, 그리고 그곳에서 겪었던 가난의 질곡과 지금도 가슴 두근거리는 몹쓸 첫사랑의 기억, 허기진 뱃구레를 뒤틀어 쥐고 이웃집으로 끼니를 구걸하러 다니던 일들, 그리고 어머니가 곁에 있어도 항상 어머니가 그리웠던 슬픈 기억.

자전거 한 대만 가졌어도 부자의 반열에 올랐던 가난했던 고향에서 겪었던 모든 누추한 기억들이 내 글쓰기의 원형질을 이룬다. 남들이 볼 때는, 기막히게 아름다운 풍경 속에서 살았던 것도 아니었고, 봄·가을의 소풍날이나 운동회가 열리는 날과 닷새마다 한 번씩 열리는 장날은 여축없이 등교하지 않았던 것도, 내가 난처한 처지에 놓였을 때, 나를 역성들어줄 똥개 한 마리도 곁에 두지 못했던 것도, 모두가 하잘것없고 사소한 그런 경험들이 언제부턴가 내 참혹한 영혼에 화살처럼 깊이 박혀있어 도무지 뽑아버릴 수 없었다. 그런데 너무나 깊이 박혀 진정 뽑아버릴 수 없는 그런 기억들이 내 글쓰기의 자양분이 되어 버렸다. 그러므로 고향은 나에게 있어 야광시계처럼 혼자 두어도 빛나는 발광체였다.

2. 고향의 근원…… '엄마' 그 한마디

고향이라면 떨쳐버릴 수 없는 존재의 첫째는 어머니다. 내 고향이 당신의 고향이기도 했던 그곳에서 돌아가실 때까지 단 한 발짝도 타관으로 발걸음을 떼 놓은 적이 없었다. 이웃의 험담과 손가락질도 고향에 앉아서 고스란히 감내하였다.

나는 어머니를 이렇게 썼다. 어머니는 나로 하여금 도떼기시장 같은 세상을 방황하게 하였으며, 저주하게 하였고, 파렴치로 살게 하였으며, 쉴 새 없이 닥치는 공포에 떨게 만들었다. 그러나 그것이 바로 어머니가 나에게 준 크나큰 선물이었다. 그것을 깨닫는데 너무나 많은 시간이 걸렸다. 어머니가 유명을 달리하고 나서야 그것을 깨달았기 때문이다.

어머니는 사람들로부터 유린당하고 희생당하면서도 그런 질곡과는 무관심한 채로 일생을 보냈다. 드디어 어머니는 자신을 찾아온 죽음조차도 아무런 불평이나 두려움 없이 받아들였다. 그래서 철부지 시절부터 지금에 이르기까지 내 생애에서 가슴속 깊은 곳으로부터 우러나오는, 진정 부끄러움을 두지 않았던 말은 오직 "엄마" 그 한마디뿐이었다. 그 외에 내가 고향을 떠나 터득했다고 자부했었던 사랑, 맹세, 배려, 겸손과 같은 눈부신 형용과 고결한 수사들은 속임수와 허물을 은폐하기 위한 허세에 불과하였다.

3. 문학적 영감을 준 옹기도막과 도축장

두 번째는 바람벽이 허술했던 옹기도막과 기와로 지붕을 올린 수상한 도축장이다. 두 장소는 나에게 많은 문학적 영감을 제공하였다. 이 두 장소가 나의 관심을 끌었던 첫째 이유는 소년 시절 내내 외톨이로 살았기 때문이었다. 나와 같이 항상 어울리며 같이 놀아줄 동무가 있었다면 나는 이 장소를 발견할 수 없었을 것이다. 지금도 청송로 초입의 야트막한 언덕배기에 존재하고 있는 옹기도막은 내가 살던 마을과는 거리가 떨어져 있었다. 지금은 그 흔적조차 없어진 도축장 역시 마을에선 밭두렁 너머로 멀리 떨어진 앞산 아래 외롭게 서 있었다.

학교생활에 흥미를 느낄 수 없었던 나는 혼자 들녘을 쏘다니며 놀곤 하였는데 그때 발견한 장소가 도축장과 독 짓는 늙은이가 일하는 옹기도막이었다. 마을에는 소를 도살하여 파는 정육점('육고간'이라 불렀다)이 있었고, 그 정육점 사람들은 장이 서기 전날 거의 여축없이 가지 않으려고 버티는 소를 끌고 논두렁 밭두렁 길을 지나 도축장으로 갔다.

물론 그들은 도축 장면을 구경하려는 또래의 아이들을 당초부터 멀리 내쫓곤 하였다. 나는 그 삼엄한 경계망을 피해 도축장으로 접근하곤 하였다. 그리고 담벼락 뒤에 숨어서 거구의 황소가 정수리에 단 한 번의 도끼질에 속절없이 쓰러지는 덧없음을 여러 번 목격하였다. 그 건장한 삶의 덧없음이 내게 무엇을 주었는지 아직 모른다. 그러나 그것이 수십 년이 지난 지금까지 내 머릿속을 휘젓고 있는 것만은 틀림없다.

그와 함께 내 글쓰기에 또 다른 화두를 던져 준 것이 있는데, 이 역시 옹기도막으로 숨어들어 윗도리를 벗어부친 늙은이들이 사타구니에 물레를 끼고 앉아 돌리며 만들어내는 옹기 만들기 구경이었다. 나는 그처럼 투박하고 아무렇지도 않은 평범한 늙은이들 손짓에 따라 진흙 뭉치

가 삽시간에 세련된 선을 가진 항아리로 재탄생하는 과정에 매료되어
숨어 있는 자리에서 눈을 뗄 수 없었다. 경이로움 그 자체였다.

더욱이 나를 놀라게 만드는 것은 낮 놓고 기억자도 모를 것 같은 그들
이 일요일이 되면 자기들 가족끼리 둘러앉아 성경을 읽고 예배를 보며
손으로 성호를 긋곤 하는 것이었다. 그들이 독을 짓는 광경에 매료되어
자리를 뜰 수 없었던 기억 역시 나에게 무엇을 준 것인지 명료하게 설명
할 수 없다. 그러나 그러한 것들이 없었다면 나는 아마도 지금 글쟁이가
되진 못했을 것이다.

4. 작은 도랑에서 얻은 교훈

세 번째로 나를 가르친 것은, 그렇게 아름답다고 자랑할 수는 없는 고
향의 도랑물과 냇물이다. 내가 살았던 마을에는 크고 작은 도랑과 봇도
랑이 복개되지 않은 채 사방에 노출되어 있어 어두운 밤중에는 어른들
도 외출을 삼가야 할 정도였다.

나는 폭이 넓은 도랑물을 짧은 다리로 건너뛰다가 여러 번 엎어지고
자빠지고 꼬꾸라지고 곤두박이면서 세상살이는 마음먹은 대로 되지 않
을 때가 마음먹은 대로 되는 것보다 많다는 것을 터득한 셈이었다. 뿐만
아니라 자칫 잘난 체하고, 거들먹거리고 객기를 부렸다간 남의 조롱거
리 되기 십상이란 것은 잘난 체하고 도랑물을 건너뛰다가 얻은 실패로
얻은 교훈 중의 하나였다. 다른 사람이 스스럼없이 뛰어들어 곧잘 수영

을 즐긴다 해서 나 또한 짧은 손발로 풍덩 뛰어들어 수영을 흉내 내었다
간 십중팔구 깊은 소에 발이 빠져 하늘 구경을 못하게 된다는 것을 나보
다 긴 팔과 긴 다리와 숙련된 수영 솜씨를 가진 청년들에 힘입어 목숨을
구한 적이 있었으므로 얻은 교훈이었다. 반변천이란 시내가 없었다면
그 또한 불가능했을 터였다.

5. 그리고 혹독한 가난……

마지막으로 네 번째의 행운은 내가 고향에서 겪었던 가난이었다. 한
마디로 가난이란 말로 압축시켜서 말하고 말았으나 그 가난의 경험 중
에는 어머니로부터 물려받은 것 말고도 물산이 풍부하지 못했던 고향의
풍토적 조건이나 빈번하게 들이닥쳤던 정변과 전쟁들, 외지 사람들의
내왕이 빈번했던 지역의 순박하지만은 않았던 인심과도 맞물려 있어 혹
독한 가난의 후유증에 시달렸다.

가난 때문에 나는 조숙한 아이가 되었고, 소년의 어린 나이에 바람 속
을 달려가는 세상과 일찌감치 조우하였다. 그래서 배가 고프면 사람이
비굴해지고 아부에 길들여지며 좌고우면하게 되고 어느 편에 편입되는
것이 내가 살아날 것인가에 대해 일찍부터 눈을 뜨게 되며, 계산을 잘하
고, 남의 등 뒤에 숨어 공짜로 세상을 살아가는 술수가 무엇인지 곁의
사람에게 자주 묻고, 걸핏하면 발뺌을 잘하고, 시치미 잡아떼는데 이골
나고, 제 탓을 남의 탓으로 돌리는 일에 자신도 모르게 단련된다.

이 모두가 내 고향에서 겪었던 가난의 무늬들로 말미암아 눈치챈 누추한 처세들이다. 그러나 한 가지 이것을 깨닫게 되면서 글쓰기를 통하여 이 몹쓸 허물을 한 가지씩 벗겨나가는 일에도 게을리하지 않았음이다.

산문

아버지의 사랑법

박덕규

[시인 · 상주]

아버지의 사랑법

박덕규

　나는 형제가 많은 집에서 태어났다. 위로 형이 다섯이고 내가 막내다. 막내니까 꽤 귀염받고 자랐으려니 생각할지 모르지만 웬걸, 좁게는 연년생, 멀찍이는 세 살 터울인 투박하고 거친 여섯 사내(아버지까지 치면 일곱!)가 한 집안에서 지지고 볶고 살아오면서, 나는 심하게 말하면 사지 육신 멀쩡하게 자란 것 자체로 다행스럽게 생각하고 있다. 누가 우리집에 대해 물으면 나는 "우리집 가훈이 무엇이었는지 아느냐?"로 되묻는다. 상대가 멀뚱한 표정을 지으면, "우리집 가훈은 '까불면 맞는다'였단다."로 대답해 준다.

　형제간에 엄격한 서열이 있었고, 그럼에도 다툼이 잦았으며, 서열 꼴찌인 나는 태어나 어른이 되기까지 '아직 어린 녀석' 취급을 받아 온 터로 다툼이 날 때마다 주인공이 되기는커녕 파편이 내 쪽으로 날아들지 않을까 구석에 '처박혀' 간이 콩알만 해진 채로 있어야 했다. '맞아터지지 않으려면' 나는 조심조심 살아야 했다. 형들끼리 다툼의 조짐이 보이면, 재롱을 떨어서라도 분위기를 화기애애하게 만들어야 했는데, 그런 일도 표 나게 해서는 곤란했다. 웃기는 얘기지만, 요즘도 사람 많은 회식 자리에서 누구보다 먼저 수저를 배치하는 내 버릇도 어릴 때부터 몸에 붙은 것이다. 또, 싱거운 소리로 좌중을 잘 웃기는 내 얄팍한 재능도 한바탕 쟁투를 앞둔 집안의 험악한 분위기에 웃음을 퍼뜨려 내 숨 쉴 공간을 만들려 애쓴 오랜 습관 덕분에 얻어진 것이다.

　부모님은 부모님대로 형제들을 힘겹게 키우시느라 기운이 빠질 대로 빠지셔서 막내인 나 차례에 와서는 "사고, 질병, 낙제만 아니면 된다"로 생각하셨다. 일류대, 출세, 고액 봉급, 이런 것들에 대한 부담을 나는 부모님으로부터 받은 적이 없었다. 키만 삐죽 크고 숫기가 없는 약골에 가깝긴 했으나, 사고뭉치도 아니었고, 낙제는 면하고 학교를 다녔으니 큰 근심은 안겨드리지 않았다 싶다. 형제가 많다보니 나보다 사고를 자주 이거나 대형으로 내는 형이 반드시 있었고, 또한 나보다 더 낙제에 가까운 형도 언제나 있었던 덕분이다.

　대신, 나로서는 불만이 없지 않았다. 내가 부모의 관심밖, 사랑밖에 놓여 있다는 소외감이 그것이었다. 우리 세대 부모들은 벌어서 애들 공부시키기 바빠서 사실 자식들한테 애살스럽게 사랑이니 뭐니 하면서 키운 적이 없다. 요즘 사람들이 가족 간에, 부부 간에, 애인 간에, 친구 간에, 사제 간에 입에 달고 사는 그 '사랑'이란 것이 내게는 속편한 음풍농월로밖에 안 보인다. 그걸 알면서도 나는 사랑받은 적이 없었다! 그러니 사랑을 받을 줄도 줄 줄도 모른다! ……나는 이렇게 마음 비뚤어진 채로 성장했다고 할 수 있다.

　그러나, 왜 내가 사랑받지 못했으리. 어느 날, 아마도 학교에 입학하기도 전인 어느 해 겨울, 나는 넷째형을 따라 형 친구 집에 놀러 갔다가 길을 잃었다. 혼자서 집을 찾아오겠다고 걸었는데 하염없이 걸어도 허허벌판이었다. 강 하구쯤인가에서 공사하던 인부들이 울면서 길을 헤매는 나를 붙들었다. 나는 주문처럼 우리집 주소를 외었고, 인부 한 사람이 나를 업고 내가 말한 주소대로 묻고 물어서 집까지 데려다 주었다. 그때 인부의 등에서 나던 공사판 철골 냄새가 아직도 어렴풋이 기억난다. 우리집으로 들어가는 골목은 세 번이나 모퉁이를 도는 긴 골목길이었다. 인부는 그 골목길 끝에 있는 우리집에 나를 데려다 놓았다. 그때 전에 없이 들뜨고 분주한 집안 분위기가 생각난다.

아버지 앞 작은 다탁에는 포도주에 생강 절편, 가위로 꽃문양을 낸 구운 오징어, 잘 깎은 사과 들이 얹혔다. 나름대로는, 귀한 손님들에게만 내놓는 우리집 접대용 주안상이었다. 그날의 귀한 손님은 바로 나를 업고 집에 데려온 인부였다. 인부는 그나마도 감지덕지했는지 죄를 지은 사람처럼 굽신거리며 아버지가 따르는 술을 받았다. 애가 참 똑똑하다고, 주소를 또박또박 말해서 집을 잘 찾아올 수 있었다고 인부가 말했고, 아버지는 소리 내어 웃으면서 다시 인부의 술잔을 채워주셨다. "ㅡ올시다" 하는 아버지의 독특한 어투도 여러 차례 발휘되었다. '아직 어린' 나이에 '탁월한 기억력'으로 집 주소를 기억해 '또렷한 발음'으로 말해서 살아서 집에 돌아온 나는 적어도 그날 하루만은 우리집에서 참으로 귀하디 귀한 아들일 수 있었다.

나는 사랑을 받지 못하고 집안 식구들이 모두 무관심해 하는 존재다. 이런 생각이 크게 도진 적이 초등학교 3학년 때였다. 여름이었고, 휴일인가 그랬는데, 무슨 일인가로 심통이 난 나는 집에 점심식사가 차려지는 것을 보고 가출을 감행했다. 뛰어봤자 벼룩이라고, 내가 도망간 곳은, 이사 가서 살던 집에서 바로 이어진 학교 운동장이었다. 당시 야구부 명성이 높았는데, 야구부원들이 연습하는 모습을 지켜보면서 한 나절을 버텨냈다. 결과는 빤했다. 여러 형들의 수색작전은 간단히 끝났고, 집으로 끌려온 나는 밤에 세면장에서 아버지한테 종아리를 늘씬하게 맞아야 했다. 그때 내 종아리가 좀 부어올랐겠기로서니 그걸 어찌 사랑의 매라 하지 않을 수 있겠는가.

내 세대는 대부분 '사랑하는 내 아들'이니 뭐니, 이런 말을 부모로부터 듣고 자라지 못했을 것이다. 표현도 서툴뿐더러, 그런 말, 그런 표현을 할 겨를도 없었고, 그럴 분위기도 전혀 아니었다고 할 수 있다. 그렇다고 부모가 자식을 사랑하지 않을 리 있겠으며, 정상적인 부부가 서로 사랑하지 않을 리 있을까. 세상이 각박해졌다는 걸 빌미로 우리는 어쩌면 먹이에 굶주린 짐승들처럼 지나치게 '사랑하라'고 강요받고 있는 건 아닐까.

이쯤해서 내 아버지의 사랑법을 또 하나 소개해 볼까 한다. 대학 입시 때 나는 요행히 예비고사(요즘의 수능시험)만 합격하면 바라던 대학에 본고사 무시험입학 장학생으로 내정돼 있었다. 예비고사 합격자 발표 날 낮, 밖에 계신 아버지가 집으로 전화를 걸어 내게 물으셨다. "어떻게 됐나?" "됐습니다!" 합격했다는 내 대답도 그리 호들갑은 아니었지만 아버지의 응답은 더욱 그러하셨다. "알았다." 통화는 그렇게 끝났다. 그래도 누가 우리 아버지를 자식 사랑이 없었던 분이라 할 수 있으랴!

산문

그 숱한 후남이들

박진숙

[소설가 · 김천]

그 숱한 후남이들

박진숙

나는 삼남이녀 중의 맏딸이다.

내 위의 오빠와는 오 년의 터울이 지는 터라 출생부터가 제법 귀한 대접이었고, 자식에게 애정을 표하는 일을 흉으로 알았던 뚝뚝한 경상도 아버지에게 장터옷을 얻어 입은 것도 다섯 중엔 나 하나였다고 한다. 그러니까 〈아들과 딸〉의 후남이가 나서서 내 얘기를 고스란히 드라마로 옮겼다는 항간의 얘기는 사실이 아니라는 말을 하고 있는 것이다. 내가 정말 그런 처지였다면 후남이 얘기는 서러워서라도 그렇게 담담하게 풀어내진 못했을 거 같다.

지방의 작은 도시에서 여중에 다닐 때 우리반엔 후남이란 이름을 가진 아이가 진짜로 있었다. 딸이 많은 집 아이였다. 딸이 많아 다음엔 제발 사내 동생을 가졌으면 좋겠다는 바람을 가진 이름은 후남이 말고도 얼마든지 있었다. 필순이, 말님이, 끝순이, 종자……

그들은 이름만큼이나 집에서 당하는 대접들도 보잘것없었다. 대개는 지청구요 구박이었다. 나의 부모님은 많이 배운 분들은 아니었지만 딸 아들 차별하지 않고 우리 오 남매를 대하셨다. 우리 옆집엔 딸 여섯에 끝으로 아들 하나를 둔 집이 있었는데 그 집은 아들 하나만을 위해 온 식구가 사는 집 같았다. 아들 하나를 호사시키기 위해 딸들은 일찌거니

학업을 포기하고 험한 직업들을 전전하고 있었다. 주위 사람들은 아무도 그 집의 처사를 나무라지 않았다. 나는 아직 어렸었지만 말도 안 된다고 생각했다. 잠재되어 있던 그 생각은 훗날 내게 후남이란 인물을 만들게 해주었다.

딸이 많은 집에 또 딸로 태어난 것이 죄가 되는 서러운 이름을 후남이라 지어놓고 드라마를 풀어나갔다. 구박받는 후남이가 있으니 반대 입장에서 귀염을 받는 귀남이가 있어야 했다. 이미 위로 딸이 많은 집이었기에 이들의 출생을 극대화시키려는 장치로는 이란성 쌍둥이를 택했다. 김희애 씨와 최수종 씨가 배역을 맡았다. 드라마가 진행되면서 세상 여기저기서 서럽게 살고 있던 후남이들이 목소리를 보태기 시작했다. 맞아요, 맞아요. 우리 엄마는 후남이 엄마보다 더 했어요. 우리 엄마는 이럴 때 이랬어요. 우리 엄마는 저럴 때 저랬어요. 숨어 살던 후남이들이 그렇게 많을 줄이야! 그 많은 후남이들의 편지와 전화를 받으면서 새삼 깨달은 게 있었다. 그들이 피해의식을 느끼고 있는 것은 한결같이 어머니에게서였다. 아버지나 오빠나 남동생에게서가 아니라 바로 낳아준 어머니, 동성인 어머니였다.

〈아들과 딸〉의 마지막 회에서 어머니(정혜선 분)가 울먹이며 항변하는 후남이 앞에서 역시나 울먹이며 목이 메어 이런 말을 하신다. 여자는 친정이 잘 돼야 힘을 얻는다…… 남자 형제가 잘되는 일이야 말로 너 자신에게 힘이 되는 일이다…… 아들을 챙기기 위해 딸에게 한 어머니의 구박은 어머니 나름의 원초적 사랑이었던 것일까. 나도 딸의 엄마이지만 어느 어머니가 딸을 사랑하지 않을 수 있단 말인가.

후남이들을 접하면서 귀남이들의 이야기도 만만찮게 들었다. 이들이 마냥 즐겁고 행복했느냐, 천만의 말씀이라고들 했다. 그들은 얻고 누리면서 불편하고 미안했으며, 기대치를 충족시켜야 한다는 스트레스에 자나깨나 시달린다고 했다. 알고 보면 정말 불쌍한 존재들이래나 뭐래나. 세상에 공짜가 없다는 말은 맞는 거 같았다.

시대가 변해 후남이, 종말이 같은 슬픈 이름들을 어른들은 더 이상 짓지 않는다.

사라져 가는 것들이어서 그럴까. 그 익숙하고 편한 이름들이 새삼 정겹게 여겨진다.

저어기, 갈래머리 교복 입은 후남이가 물안개 퍼오르는 들길을 천천히 생각에 잠겨 걸어오고 있는 거 같다. 손에 든 것은 《학원》잡지. 그날들이 그립다.

청춘을 호작질하며, 인생을 호작질하며

서지원

[소설가 · 영주]

청춘을 호작질하며, 인생을 호작질하며

서지원

나의 대구 생활은 초등학교 입학부터 시작한다. 두어 살 때부터 증조부모, 조모에게 맡겨진 나는 고향 영주의 시골 학교를 다니기 위해 취학 대상자 명단에까지 올랐으나 붉은색 자전거와 가죽 책가방을 사 준다는 말에 혹해서 급히 대구로 갔다. 대구에는 나의 부모가 직장 관계로 두 동생을 데리고 살았는데, 골목길에서, "촌놈 핫바지에 불이 붙어서, 앗 뜨거라, 앗 뜨거라." 하는 아이들의 놀림을 들으며 대구 생활을 시작했다.

나는 소심하고 부끄러움을 많이 타는 아이였다. 글을 쓴다는 꿈에도 생각하지 못했다. 글 잘 쓰는 아이를 보면 신통하기만 했다.

다만 초등학교 때부터 책은 즐겨보았다. 5학년 때, 영덕에서 전학 온 친구가 이웃에 살았는데, 방안과 마루에는 책으로 가득하였다. 학원출판사에서 발간한 청소년용 세계문학전집 60권도 갖추고 있었다. 장발장, 삼총사, 철가면, 괴도 루팡, 로빈슨 크로스, 15소년 표류기 등이었다. 만화책만 탐닉하던 나는 자연스럽게 그 집 책을 빌려보면서 독서에 맛을 들이게 되었다. 그 이전에는 할머니가 책방에서 빌려온 책, 예컨대 김광주의 삼국지, 김팔봉의 초한지 같은 대장편이 있다는 것을 아는 정도였다. 나의 독서와 글쓰기에는 할머니의 역할이 큰 셈인데, 그분은 독서를 참으로 좋아하고 글쓰기에도 능했다. 처녀 시절 옥루몽 한 권을 모두 필사하면서 언문과 문장을 깨친 터라 동네의 사돈편지는 도맡아 지어주었다.

중학(대구중학교) 2학년 때인가, 담임은 수필가 金朗峰 선생이었다. 지방 문인인데, 나로서는 하늘 같은 문사였다. 문예반과 도서반 지도를 겸하고 있어서 학년마다 발간하는 교우지 편집 지도도 했다. 교우지 원고를 모집한다는 말을 들었지만 글과는 담을 쌓은 나는 도서반에서 책 정리를 하고 있었다. 하루는 혼잣말처럼, 이름을 써넣지 않은 원고가 있는데 그냥 버리기는 아깝다는 말씀이었다.

교우지가 배포되는 날. 주변 친구 몇이 모여들었다. 인쇄가 어려운 당시는 이름 석자가 잉크 냄새를 풍기며 세상에 나온다는 것은 여간 감격스러운 일이 아니었다. 내 이름이 그렇게 박혀 나왔던 것이다.

잘 썼다고 추어주는 소리가 곳곳에서 들렸으나 나는 고개를 들 수 없었다. 내 글이 아니라 할 수도 없고, 내 글인 양 하기는 더욱 어려웠다. 제목이 별 삼 형제인가 하는 동시인데, 삼 형제를 삼천만에 비유하여 남북 분단을 표현한 것이라고 한다. 나는 전혀 기억이 없으니 찬찬히 읽기가 미편했고, 또 보고 싶지도 않았던 것 같다. 남의 것을 훔쳐서 감추어 두고 얼굴을 붉히는 심정 같은 것인데 글의 원래 주인이 나타나 멱살이라도 잡을 것 같았다. 이처럼 나의 처녀작 아닌 처녀작은 부끄러운 이력을 가졌다.

한 가지 귀중한 깨달음도 있었다. 글쓰기란 사람들의 관심을 끌 수 있는 것이고, 칭찬도 들을 수 있는 것이라는 사실이다. 너무 평범한, 더욱이 글쓰는 재주는 아예 없던 나로서는 새로운 세계였다. 그런 의미에서 누구에게나 운명은 있다고 생각한다.

그렇다고 글이 당장 써지지는 않았다. 조바심치면서도 도무지 써지지 않는 것이 글이다. 얼마간은 부끄럼증도 겸한 것인데, 지금도 그 증세가 나올 때가 왕왕 있다.

중학교를 졸업하던 1964년경은 학생들의 문예작품을 정기적으로, 혹은 수시로 공모하여 상을 주던, 문학에서의 이른바 學園 시대가 꽃피우던 시절이었다. 그러나 김낭봉 선생이 멀리 울진 죽변중학교로 전근 가셨으므로 나는 글에 대해 별다른 자극을 받지 못했다. 그저 죽변이 항구라는 것, 드넓은 푸른 바다가 있고 파도와 갈매기가 있는 곳으로만 알고 있는지라, 사실 중학교를 졸업하도록 대구 분지를 벗어나지 못했던 나는 그래서 그랬던지 學園 잡지에 바다를 소재로 하는 산문을 하나 투고하여 입선을 했고, 그게 고등학교 문예반으로 이어졌다.

대구고등 신입생 시절, 문예반 선배 정덕환 형이 찾아왔다. 詩塔이라는 동인지를 만드는데 가입하란다. 선배로 손성호, 문인수 형이 있었고, 시내 타 학교의 남녀 학생 몇 명이 있었다. 시를 다섯 편씩 쓰라는 주문에 다짜고짜 쓴다고 써서 내놓았다.

학생으로서, 더구나 중학교 졸업 뒤에 부모를 고향과 울산 타지로 떠나보내고 혼자 자취하는 형편에 돈이 있을 리 없었지만 선배가 하는 일이고, 또 문학이며, 내 시를 문자화한다는데 망설일 일이 아니었다. 당시 학생으로서는 부담이 컸지만 주변 친구들에게 책 일부를 팔아 조금 벌충한다는 것이다.

교실에서 동인지를 들고 있자니 너도나도 한 권씩 달라고 손만 내밀었지 책값을 줄 사람이 없었다. 거의 다 빼앗기고 난 뒤에 누가 찾는데 보니 본격적으로 시를 쓰리라 여기던 동급생 이하석이었다. 이런 사람에게는 한 권 주어야 하는데, 내심 생각하면서 민망하고 찜찜한 기분으로 책값을 받기는 받았다. 뒷날 그 장면을 서로 회상하면서 그도 나의 표정을 읽고 있었다며 웃었다.

詩塔은 그 후 시화전을 한두 번 하는 것을 끝으로 다시 기동하지 못했다. 고등학생의 신분에서 벗어나야 했고, 또 그렇게 나이를 먹어갔다.

중학교 교우지에서부터 정상적인 것이 아니듯 그 후 학생으로서의 나는 결코 정상이라 할 수 없었다. 우선 혼자 대구에 떨어져 친척집으로, 자취방으로, 친구 이하석과 김우현의 집으로 몸을 잠시 의탁하며 짧게는 한 달, 길어야 반년을 넘기지 못하고 옮겨다니는 생활이었다. 동가식 서가숙, 결석이 다반사였고, 따라서 성적도 엉망이었다. 돌이켜보면 이 사람, 저 집 신세만 잔뜩 지고 3년의 세월을 근근이 땜질한 셈이다.

집에서 보내주는 생활비가 부족하기는 했지만 정말 존절히 썼더라면 어렵게나마 살 수 있었을지 모른다. 그러나 혼자 남겨진 소년의 절제란 참으로 어려운 일인지, 동인지 인쇄비도 학생이 감당할 수 있는 게 아니었다. 주머니 사정을 생각하지 않은 나의 쓰임새는 거의 그랬다. 2학년 때인가, 고급 교양 잡지 '世代'가 창간되어 판촉 사원이 교내에 들어오자 나도 몇 안 되는 정기구독자가 되고 만 것이다. 이런 '지름神'이 당시 나를 괴롭혔다.

공납금은 밀리지 않은 달이 없다시피 했다. 자취방 월세도 온전히 내지 못했고, 남문시장 밥집의 밥값도 두어 달 치 떼먹고 달아난 것은 부끄러운 과거이다. 그래서 나는 내게 금전적으로 손해를 입힌 사람을 크게 책망하지 않는다. 나도 옛날에 그랬으니 그걸 이제 내가 갚는 셈이고, 또 사람이 살다 보면 그럴 수도 있다고 본다.

고등학교를 쫓기듯 졸업한 나는 지긋지긋한 대구에서 달아나듯 고향으로 돌아갔다. 대학 진학은 엄두도 못 낼 일이었다. 그때 어떻게라도 일단 대학에 적을 걸어놓아야 했는데 그 점이 내 인생 최대의 실책인 것 같다. 한편 대학을 대수롭잖게 여긴 점도 있으니 중 2학년 때부터 시립도서관에 가서 한자로 범벅이 된 '思想界'의 각종 논설과 기사를 통독했으므로 지적 오만에 젖어 있었던 것 같다.

할머니 혼자 두 동생을 건사는 고향집의 가계는 날이 갈수록 피폐하고, 부모님과 두 동생이 있는 울산도 어렵고 답답하기는 마찬가지였다. 쓰라렸던 대구의 그 거리, 향촌동의 뒷골목, 동성로 거리와 반월당 대로가 다시 그리워졌다. 어떤 대책도 없이 도둑 열차를 타고 대구로 들어갔다. 주로 이하석의 집과 이재행이 드나드는 술집을 배회하였는데 나를 재워주고 먹여준 친구들에게 지금도 감사한다.

한번은 밤늦은 시간에 갈 데가 없자 길가의 신축 가옥으로 들어갔다. 도배만 하면 입주할 수 있는 가옥으로 들어가 실례를 하는데 과객으로서는 꽤 괜찮은 잠자리였다. 헤르만 헤세의 소설 「크눌프」를 떠올리며 잠자리를 잡자 동행하던 석용국이 물었다. 이 집이 다 지어지면 어디로 갈 거냐고. "걱정 없어요. 옆에 또 짓는 집이 있으니까." 석 형이 그 말을 여러 사람에게 하고 다녀 나를 거북스럽게 했다.

이런 유리걸식 생활이 오래 갈 수는 없었다. 내가 대구를 떠날 무렵, 몇몇 문청들 사이에 이런 말이 떠돌아다녔다. 고향집에서 형수를 범해서 쫓겨났으므로 돌아가지 못한다고. 그러면서 나를 성토하였을 것이다. 나에게는 친가 외가 두루 형이고 누님이 없다.

뒷날 한문 공부를 할 때인데, 漢書에서 直不疑라는 사람의 故事를 읽으며 신기해했다. 사람이 썩 미남이었던 모양인데 형수와 통간했다는 소문이 돌아서 자기에게는 형이 없다고 아무리 설명해도 소용이 없었다. 여기서 무형도수(無兄盜嫂)라는 말이 생겨나고, 그 이후 얼토당토않은 허위 날조된 소문을, 그리고 아무리 아니라고 부정해도 받아들여지지 않는 말을 뜻하게 되었다. 수십 년이 지난 어느 날, 문우 박해수와 이태수와 함께 하는 자리에서 그 이야기를 꺼냈더니 내심 그 소문을 믿고 있었다는 표정이었다. 세상일이란 이런 것이다.

대구 지방에서 주로 쓰는, 호작질이라는 말이 있다. 아니해도 될 쓸데없는 짓, 별다른 목적 없이 집적대거나 깔짝거리는 무의미한 손놀림이나 발짓, 혹은 낙서, 또는 낙서와 같은 짓이라는 뜻으로 쓰인다. 해작질도 같은 말이다.

한때 대구의 우리 文靑들이 술에 취하면,

— 청춘을 호작질하며, 사랑을 호작질하며 —

라고 읊어댔는데, 누가 이 구절을 버리지 않고 작품의 한 부분에 넣었는지 모르겠다.

그랬다. 그 시절 나는 호작질하듯 살았고, 호작질하듯 글을 쓰네 문학을 하네 하고 돌아다녔던 것 같다.

대구에서의 내 생활은 매사가 호작질이었다. 물질적으로 궁핍했고 심신이 고통스러웠는데 바로 된 사람 같았으면 이를 벌충이라도 하듯 열심히 치열하게 살았을 것이지만 나는 그렇지 못했다. 일이나 문학에 정면으로 마주치지 못하고 주춤거리며 외곽을 돌고 비칠거리다가 낙서하듯, 혹은 낙서처럼 호작거렸다고 할 수 있다.

대구는 내 일생의 뼈대가 된 곳인데 그곳에 그 중요한 시기를 그렇게 살았으니 이후인들 무엇을 더 볼 것인가. 이 흐름이 그대로 이어지는 것이 아닌가 하는 생각이 들 때도 있다. 나는 지금도 인생을 호작질하며, 사랑을 호작질하며 그렇게 살고 있는 게 아닌가.

내 그림의 뿌리

성병태

[서양화가 · 대구]

내 그림의 뿌리

성병태

누가 뭐라고 하더라도 스스로 생각하는 것이 진실이라고 여기는 것을 심리적 진실이라고 일컫는다. 나는 작업을 할 때 대상에 대한 기억이나 사실보다는 심리적 진실을 추구하고자 노력해 왔다. 회화는 즉물적인 이미지에 대한 자극에서 비롯되는 순수하고 독립적인 예술이기 때문이다. 이러한 철학은 라인엘레멘트(line element)를 토대로 본질적인 생명력을 표현하고, 이미지를 보다 새롭게 형상화하기 위해 고집해 온 해부학에 기초한 드로잉이 작품의 근간을 이루고 있다.

청소년 시절, 교동과 동문동 그리고 동성로 일대의 골목 어귀를 오고 갈 때면 종종 피아노 소리가 들렸다. 어떤 날은 체르니의 연습곡이 흘러나왔고, 〈엘리제를 위하여〉로 잘 알려진 베토벤의 〈피아노 솔로를 위한 바가텔 A단조 WoO59〉며 바다체스카의 〈소녀의 기도〉가 꽤 세련된 연주로 들려오기도 했다. 그럴 때면 시간 가는 줄 모르고 담벼락에 기대어 곡이 끝날 때까지 리듬을 타곤 했다. 해가 지기 시작한 시간, 누구네 집인지도 모르고 어떤 사람이 치는 것인지도 모르면서 가슴 두근거리며 서 있던 유년기야 말로 내 인생에 가장 동화 같은 시간이 아니었을까. 고등학생 무렵에는 대구극장 앞 하이마트, 시보레, 심지, 녹향 같은 음악감상실을 전전하며 클래식부터 팝, 재즈, 라틴에 이르기까지 다양한 장르의 음악을 접했다. 학교에서 공부하는 시간을 제외하면 거의 모든 시간을 음악에 묻혀 보냈으며, 그림을 그릴 때면 그날의 기분에 맞는 음악을 고르는 멋을 부리곤 했다. 좋은 음악을 듣고자 하는 마음은 여전해서 지금도 휴대폰에 좋아하는 곡을 다운로드하고, 유튜브를 통해 공연 실황을 찾아보기도 한다. 그러나 용돈을 모아 동성로에 자리한 레코드 가게로 달려가던 청소년기의 감성이며, 그 가게 앞에서 듣던 〈La Playa〉는 그 어떤 음악으로도 대신할 수 없는 표지가 되었다.

회화의 대상은 눈에 보이는 모든 것이라고 해도 과언이 아니지만, 나는 인물화를 즐긴다. 파리로 건너가 인물 드로잉에 집중했던 청년기, 르네상스 시대 드로잉에 일가를 이룬 화가를 만나기 위해 피렌체로 향하던 어느 해, 유럽의 고전 드로잉 양식에 몰입해 유화기법의 흐름까지 두루 깨우치게 되었던 장년기까지 인간의 외면은 물론 내면을 캔버스에 투영하고자 얼마나 노력해 왔던가. 이러한 그림에 대한 열망은 대구시내의 극장가에서 보았던 영화 간판과 상영작 스틸사진에서 시작되었다.

6·25전쟁 이후 양키시장(지금의 교동시장)에는 미군 부대에서 흘러나온 물자들이 골목을 빼곡하게 채웠다. 미깡이라고 부르던 오렌지며, 멘솔 향이 진동하던 셀렘의 담배까지 이전까지 본 적 없던 물건들이 화려한 포장을 자랑하며 좌판에 널려 있었다. 이러한 신문물을 뒤로 하고 걸어가면 송죽극장, 자유극장, 대구극장이 나왔다. 세 극장이 모여 있던 그곳은 청년들에게는 영화를 통해 국내외 유행을 접할 수 있는 공간이었고, 내게는 문화의 발상지였다. 송죽극장을 끼고 대구극장으로 이어지는 샛길 작은 골목에는 우동을 파는 포장마차가 군락을 이루고 있었다. 값도 싸고 맛도 좋아 주머니 가벼운 학생들에게 인기가 있었다. 진한 우동 국물에 김밥을 곁들여 먹거나 짜장면을 맛보는 것이 또래에게는 즐거운 미식이었다. 요기를 하고 밖으로 나오면 한 달 간격으로 교체

되는 영화 간판과 선전홍보관에 붙은 상영작 스틸사진이 사람들을 맞이했다. 실사 이미지를 활용해 상징적인 장면을 보여주는 오늘날의 포스터와는 달리 화공이 손으로 직접 그리는 당시의 영화 간판은 지금에 비하면 다소 조악할지는 모르나 나름대로의 멋이 있었다. 게다가 흑백 스틸사진은 얼마나 우아했던가! 집으로 돌아오면 만사를 미뤄두고 밖에서 본 배우들이며 영화의 배경들을 그렸다. 때로는 성탄 카드에 인물이며 풍경을 스케치하고 채색하여 지인들에게 보내기도 했다. 이때부터 화가가 되어야겠다는 생각을, 그림에 대한 끝없는 애정을 품었으리라. 이처럼 회화에 대한 철학과 애정은 고향 대구에서 보낸 청소년기에 발아했다. 그 시절 나는 대구 근교를 누비며 외부의 자극을 적극적으로 수용하면서 호기심을 충족시키고, 감성을 고양시켰다. 대구 시내를 누비던 유·소년기야 말로 내가 앙띠미스트(intimiste)로 성장하는 자양이 되었다.

지난 2012년은 무척 바빴다. '캔버스트라'를 테마로 세 차례 가나아트스페이스 갤러리, KIAF 국제아트페어, 롯데호텔갤러리 초대전을 2개월에 걸쳐 진행했기 때문이다. '캔버스'와 '오케스트라'의 합성어 캔버스트라는 '그림을 들으며 음악을 보다'라는 의미를 내포하고 있다. 이는 유년 시절의 기억이자 청년기의 노력이며 지금의 거울이라고 해도 과언이 아니다. 캔버스트라 안에는 그림에 대한 꿈을 키우던 청소년 시절이 녹아 있고, 진정한 회화를 찾아 헤매던 청년기가 숨 쉬고 있으며, 지난 시간을 체화하고 있는 지금의 내가 흐르고 있다. 더불어 창작의 원천인 내 고향 대구의 공기, 소리, 감촉이 고스란히 자리하고 있다.

산문

유월에 돌아온 고향

오양호

[문학평론가 · 칠곡]

유월에 돌아온 고향

오양호

  동재기銅雀 나루터에 해가 진다. 전철이 궁궁궁 동작대교를 건너고, 서달산 국립묘지 노송의 가지 위에 떠 있던 구름 한 점 한강 따라 흐르는데, 그 아래 63빌딩에 걸린 저녁노을 해가 커서 더 붉다.

  내가 사는 반포동 래미안아파트에는 소나무가 아주 많다. 그리고 그 나무들 대부분이 장년의 남자를 닮은 적송赤松이다. 이 거대한 도시 한복판에 심산深山의 정취를 내뿜는 소나무를 조석으로 보는 것은 즐겁다. 첩첩산중 찬바람 맑은 물에만 살았기에 그 기골이 장대하고 품격이 속되지 않아 이악스런 사람들의 눈에 뜨여 장삼이사가 들끓는 대처로 팔려온 소나무다. 그러나 그 나무들은 차 소리, 사람 소리, 배기가스, 먼지 많은 도심 속에서도 심산유곡의 청정한 기품을 그대로 지니고 한강 쪽으로 가지를 뻗고 좌선하듯 서 있다. 떠나온 고향 냄새가 강물에 섞여 흘러내리기라도 하는 모양이다.

  나는 가끔 이런 소나무 밑에 앉아 심호흡을 한다. 소나무 냄새를 맡아 볼까 해서다. 소나무가 많아 동네 이름이 아예 '송산동'이었던 내 고향 칠곡 동명 송산리는 그 이름처럼 사방 천지가 소나무다. 그래서 나에겐 소나무가 나무가 아니다. 짜개바지 동무다.

  나는 송산동에서 십 리 길이 넘는 동명국민학교를 졸업하고, 대구로 나와 학교를 다녔고, 거기서 직장을 잡아 20년 넘게 살다가 서울로 왔다. 내가 고향 송산동에서 산 시간은 내 생애 중 가장 짧다. 그렇지만 거처와는 관계없이 내 심리心裏에는 송산동이 늘 나의 현재다.

나는 출향 이후 서울 반포동에만 30년째 살고 있다. 근무처는 인천 제물포 바닷가지만 손톱이 닳도록 일만 하시던 어머니며, 아버지, 할아버지 또 그 할아버지가 잠드신 선영과 삼백 년이 넘는 고목이지만 아직도 봄이 오면 꽃을 피우는 큰 살구나무와 일곱 형제가 자란 낡은 집이 있는 산촌, 칠곡 고향에 언제든지 갈 수 있는 고속버스 터미널이 십여 분 거리에 있기 때문이다.

첫 추위 오는 11월
보랏빛 들국화 시드는 산마을 논둑길
쥐불 흔들며 내 이름 부르던 열한 살 동무의 긴 메아리
고궁古宮 담벽 앞에서 손을 내민다.

갈보리 파란 오솔길 위에 걸리던 붉은 노을
그날처럼 타 올라 곱지만
그러나 여기는 새벽마다 뿌연 안개가 방까지 스며들어
옹화궁雍和宮 라마승도 염불을 설치는
빨간 빛만 남기고 안개가 세상을 덮는
남의 나라
—「북경송가」에서

작년 가을, 막무가내의 도시 북경에 잠시 살 때 고향을 생각하며 쓴 졸작 시의 한 대문이다. 아침마다 안개가 몰려오는 거대한 도시, 서향

아파트 텅 빈 거실에서 나는 고향의 유난히 푸르고 늠름한 소나무와 소꿉동무며 송아지, 강아지, 염소, 둥굴바위, 불당골 산마루에 타오르던 단풍을 그리워했다. 아내가 서울로 돌아가 버린 방에서 나 혼자 뒹굴며 빠따추(八大處) 너머로 지는 해를 바라보며, '새야 새야 국궁새야 니 어디서 자고 왔노, 수양청정 버들가지 이리 흔들 자고 왔다'는 어릴 적 듣던 민요를 흥얼거리고, 정지용의 〈향수〉며, 〈동무생각〉 〈아 목동아〉 같은 노래를 불렀다. 청소년 시절 여름방학 때 소를 산비탈에 풀어놓고 부르던 그런 노래가 피곤한 타국살이에 고향 산촌이 그리워 서럽게 가라앉는 내 마음을 조금이긴 하지만 추스려주기 때문이었다.

　인간의 삶은 대체적으로 그가 사는 공간·장소와 결속되는 어떤 상징성 내지 속지성屬地性을 가지고 있다. 그러나 북경은 대학 캠퍼스의 소나무도 백피송白皮松뿐인 모든 게 낯선 그야말로 익명의 타자였다. 그러니까 이 시대 인간들의 피할 수 없는 운명, 겉으로는 문명의 혜택을 잔뜩 누리는 화려한 도시에 살지만 사실은 고독하고 소외된 존재, 바로 그런 신세로 전락되었다. 그래서 나는 고향 노래를 부르며 나의 낙백한 영혼을 고향의 그 행복바이러스에 감염시키면서 외로움을 털어내기 위해 안간힘을 썼다. 그러다가 첫 추위가 오는 어느 주말에 조선인이 모여 사는 먼 도시로 여행을 떠났다.

　떠나와 살기에 더 추운 거리
　매운 바람이 인정을 쓸어가는 장안대로
　길은 사통팔달이지만
　아무도 기다리지 않는 나의 파란 신호등

어쩌면 여기쯤의 객사客死가 행복일지 몰라

인생은, 아 삶이란
떠나와 뒤돌아보다 바람처럼 사라지는 것

한 마리 들소처럼 뛰어든 이 막무가내 대처大處
몽고족, 만주족, 장족, 묘족, 위구르족, 혹은 조선족
사랑은 가랑잎에 날려 보내고
땅 끝 너머 내 고향 칠곡 동명
설표雪豹처럼 달려갈거나

떠나갈 만리 밤길
버들잎 휘휘 날릴 료녕성 서탑인가
두만강반 바람찬 도문인가
북경역 불빛 붉어 갈 길이 더욱 아득한
나는 조선인 나그네
―「조선인 나그네 – 북경역에서 길림행 밤차에 오르며」

사향思鄕은 객고의 우울을 치유하는 처방이다. 유년의 복원, 풍물과
풍경의 복원에 의한 원초적 행복에로의 회귀가 가능하기 때문이다. 그
래서 이 세상의 모든 사람들은 자신의 현존에 불안을 느낄 때 귀향을 꿈
꾼다. 나 또한 그러했다.

내 고향 동명은 매봉산과 도덕산 사이에 얌전히 엎드린 평화로운 농

촌이었다. 장날이 오면 소시장도 서고, 비단 포목상도 전을 벌이고, 신발 가게며, 국밥장수, 엿장수가 팔거천八莒川 방축까지 자리를 잡는 활기 넘치는 촌락이었다. 초등학교 가을 운동회가 되면 가천동, 구덕동, 송산동, 기성동 등에서 몰려온 사람들이 만국기가 펄럭이는 운동장 가에 삼삼오오 떼를 지어 자리를 잡고 앉아 동창을 만나고, 외사촌도 만나고, 재 넘어 온 사돈도 만나, 사이다, 삶은 밤, 감, 고구마를 나눠 먹으며 자기 딸이 달리기 일등을 한 자랑, 올해 동 대항 연속달리기에서 자기 마을이 꼴찌를 한 이유, 가을걷이며, 동네방네 소문난 옆집 처녀 정분난 이야길 침을 튀기며 나누다가 막판엔 막걸리를 한잔씩 걸치고는 형님 아우 잘 가라며 옷자락 흙먼지 털며 절하고 돌아서던 의좋은 농촌이었다.

그러나 지금은 운동회 날 술에 취해 뒷짐을 지고, 헛기침을 하던 당숙도 없고, 초등학교 측백나무 울타리 싱싱한 빛깔도 저 혼자 반짝이고, 아이들이 개구리처럼 뛰어들던 태봉산 밑 푸른 웅덩이도, 책보를 X자로 메고 논둑길을 오리 떼처럼 오가던 아이들도, 가산산성, 송림사 소풍 가던 하얀 길도 없다. 모두 세월·시간이 거두어 가 버렸다.

변화가 이루어지지 않는 곳의 시간은 무의미하다. 시간은 그 앞도 없고, 뒤도 없다. 오직 앞과 뒤 사이의 그 무엇인 이 시간이 우주의 절대자로 모든 걸 가져간다. 만물의 영장 인간도 이런 시간의 힘을 거역하지 못한다. 보이지는 않지만 우주를 다스리면서 오직 한번 머물다가 종적 없이 사라지는 전지전능한 어떤 실체인 까닭이다.

이런 시간·세월이 내 고향, 옻나무가 많아 칠곡漆谷이고, 소나무 동네라 송산동이고, 바위도 비단 같아 금암동錦岩洞인 청정지역 칠곡 동명을 조금 낯설게 만들어 버렸다. 그러나 태봉산胎封山의 신록은 예나 다름

없이 찬란하고, 솔뫼기 뒷산 심천深川으로 가는 산세는 여전히 깊고 푸르다.

칠곡 동명 송산리에 와 보지 않고는 소나무가 무엇인지 알지 못한다. 옻나무가 밭을 이룬 산동네 옻밭에 와 보지 않고는 민초의 생리가 무엇인지, 나무와 바위가 어울려 비단 같은 풍경을 이루는 금암동의 태생 이치를 알지 못한다. 안동으로 가는 국도변, 칠곡 읍내 조금 지난 '나박뜸 모리' 그 절벽에 피는 진달래며, 5월 아침 이슬로 세수하고 나온 싸리나무의 연록색 숲을 보지 않고는 '고향 길'이 어떤 것인지 알지 못한다. 어디 그뿐이랴. 태봉산 바위를 감싼 수양버들, 처녀 아랫도리 같이 터질 듯 피어나는 참나무의 새순을 보지 않고는, 송림사를 둘러싼 금강송 숲이 6월 산바람과 만나 정담을 나누는 초하의 동명을 보지 않고는 평화를 알지 못한다. 가산성 산마루에 배꼽마당만한 '가산바우' 가운데 우물이 생긴 전설이며, 송림사 5층 석탑이 구부러진 내력, 한국전쟁 때 시산혈해屍山血海가 된 대구방어 낙동강 전투, 그리고 꽃처럼 곱던 나이에 그 목숨 초개처럼 나라에 바친 수백 명 청춘의 넋이 떠도는 다부동의 호국정신을 모르고는 나라가 무엇인지 말하지 못한다.

구덕동의 부도군, 봉암동의 고분군, 송산동의 돌넛덜 무덤, 기성동의 3층 석탑이 장구한 역사와 함께 사는 농촌, 매봉산과 도덕산에서 발원한 팔거천이 흐르는 고향 칠곡 동명에 가고 싶다. 홍두께 산 너머 동명국민학교, 그 건너 초가가 엎드린 양지에 복숭아꽃이 새댁처럼 웃던 봄날, 그 산허리에 피어오르던 산람山嵐을 보고 싶다.

종증조부 일성정日省亭 옆에 초당(문학관) 한 채 지어 출세도 큰 공부도 결국은 귀향으로 마무리되는 인간 이치 되새기며 나도 적송처럼 늙고 싶다. 왕소나무 하늘 같이 높은 가지에 그네 매고, 그 나뭇잎 입으로 따며, 분홍 댕기 펄럭이던 분이 누나며, 초등 동창생 순자며, 갑술이도 보고 싶다. 산마루에 걸린 저녁놀 웃음 짓던 양지마로 돌아가 '나의 살던 고향은 꽃피는 산골…… 그 무구의 동요를 다시 부르고 싶다. 인간이 영위하는 삶과 그 현실의 이상적 일치를 유년복원幼年復元이라 한다면 그런 행복이 실현될 곳은 오직 내 고향뿐이기 때문이다. 아, 나에게 그것이 가능할까.

경주는 아무나 태어나는 곳이 아니다

유만상

[소설가 · 경주]

경주는 아무나 태어나는 곳이 아니다

유만상

향수나 회고의 정서는 곧잘 천박한 감상(感傷)이나 고약한 그리움을 동반한다.

천년 고도 출생의 한 소년에게 각인된 문학에 대한 영상은, 끊임없이 역광으로 흔들리고 일어서는 억새꽃의 진저리치는 몸짓이었다. 반월성에는 억새풀과 갈대가 지천으로 어우러져 서걱대고, 그 소리는 이명(耳鳴)이긴 했어도 내내 귀가 아닌 가슴속에서 들려오는 바람의 노래였다.

합동시화전을 개최하는 일로 당시 고등학교 문예반장으로 만난 남녀 두 학생은, 그 억새풀의 투정이 괜히 두렵기만 했다. 가슴 가득 설익은 낭만에 시달리며 가을바람을 맞고 돌아오던 날, K여고 문예반장은 내게 고향의 명물 황남빵을 샀고 나는 음료수로 답례하면서 체면을 지켰다. 그날 이후로 그녀를 만난 기억은 아득하지만, 무시로 달려들던 그 억새의 비명만은 지금도 잊을 수가 없다.

"야, 오늘 나 문학했대이."

그랬다. 그때 우리들은 어쩌다 여학생과 밀회라도 할 때면 꼭 이런 표현법을 썼다. 그런데 나는 끝내 그녀와 그 반월성에서의 문학 데이트를 발설하지 못했다. 왠지 그런 자랑은 바로 억새와 바람 소리를 배반하는 일이 될 것 같아서였다.

찬란한 신라문화의 후광을 업고는 경주문학의 새로운 기수로서 전통

향가와 신라문예 정신을 재발현할 기린아가 되겠다고 안하무인 기고만 장하던 때가 있었다. 이른바 〈토함 문학동인〉을 결성하고 그 중추가 되었던 경주고의 이경록 · 김기문 · 윤기일 · 김봉환 · 이승길 · 필자 등이 바로 그 장본인들이다. 그렇게 고교 동기 · 동창 여섯 모두가 시인 · 소설가가 된 경우가 한국에 또 있을까?

〈젊음을 토함에다 묻고 피를 쏟듯 글을 토하라〉

돌이켜보면 참으로 치졸한 격문의 동인 모집 광고 문안이었다. 그걸 벽보로 붙이고자 경찰서를 찾았을 때, 담당자가 조소 가득한 얼굴로 빈정거리던 말을 생각하면, 지금도 그 치기의 부끄러움보다는 진실로 문학을 향한 열정과 의욕이 충만했던 시절에 대한 향수가 새삼 새로워질 뿐이다.

"뭐, 젊음을 묻고 피를 토해? 느그들이 지금 무슨 폐병쟁이 자살 클럽이라도 하나 만들겠다 이 말 아이가……!"

아무튼 그 당시 격정의 소년기를 안압지, 반월성, 북천내 등지를 배회하며, 별스럽게 문학에 대한 조숙한 포부와 고뇌로 방황했던 우리들은, 늦게 참여한 이채형과 더불어 지금은 대견스럽게도 한국문단의 한 말석을 어지럽히고 있는 중이다.

이젠 이승을 떠났지만 한국문단의 거두였던 김동리, 박목월 선생을 위시하여, 향리의 문예 부흥을 이끌었던 수많은 선배들과 고독한 동행을 맹세한 얼굴들이 떠오르는 순간, 아직도 경주는 한국의 문향, 더 나아가 세계문학의 메카가 될 유효기간이 지나지 않았다는 기대로 가슴이 설렌다.

어쩌다 만나 손이라도 잡으면 동향의 조력자로서 혈연의 체취까지 느껴지던 사람들……, 본향의 그 숱한 문인들을 떠올리면 실로 순수 문학인으로서의 면모와 위상만은 그 어떤 지역도 넘볼 수 없을 인맥임에 틀림이 없다.

이 대목에서 문득 김동리 선생 사모, 소설가 서영은 선생님이 어느 문예지에 발표한 글이 떠오른다. '경주는 결코 아무나 태어나는 곳이 아니다.' 내 고향 경주의 면면을 볼 때, 선생님의 이 선언이야말로 진정 우연만은 아닐 듯도 하다.

다시, 언제나 내 마음의 고향에서 깃발같이 펄럭이고 때론 요람처럼 흔들려 무지개로 아롱지던 그리움의 공간 영지 호(湖). 그곳을 향해 달려가는 젖내 가득한 회상을 나는 쉽게 주체할 수가 없다.

누가 바람을 보았는가. 아니 그것을 목격하지 못한 사람이 또 있는가. 눈으로 세상을 보면서도 정작 자신은 스스로의 눈을 보지 못하듯, 모든 인간이야말로 사실 자신의 정체를 붙잡을 수 없는 바람이 아니었던가. 그렇다. 우리는 모두 그 정처 없는 바람일 뿐이다.

정말이지 아사달과 아사녀의 애틋한 사랑의 전설이 담겨 있는 내 고향 경주의 '영지'는 이 세상에서도 바람이 가장 잘 보이는 곳이었다.

까닭 없는 설렘과 절망을 동시에 거머쥐고 있었던 내 유년의 보리밭. 그 앞에 서면 나는 왜 또 그렇게 정처 없는 바람이 되고 싶었던 것일까.

바람을 만나는 보리밭은 언제나 파도로 일렁거렸다. 애당초 고향이 없어 방황하는 넋이었던 그것은, 아무 데서나 서성대고, 기웃거리며, 미쳐버릴 수밖에 없는 생리로, 끊임없이 자신을 학대하는 투명한 실체였다.

정말 그러했다. 아무리 오래 보고 있어도 지치거나 남루해지지 않는 감동을 주는 보리밭은, 끊임없이 치장을 바꾸는 바람의 또 다른 얼굴이었다.

거대한 파도가 되어 넘실거리는 보리 들녘을 넘어 나는 한 소녀와 함께 오디 사냥을 갔다. 마을에서도 가장 무섭다고 소문이 난 호랑이 할배 집의 뽕나무밭엔 우리의 입맛을 자지러지게 하는, 검은 유혹의 열매가 지천으로 열려 있었다.

달콤한 향내가 작은 가슴을 할퀴는 자극에 진저리를 치며, 우리의 입술이 자주빛 오디 물로 번들거릴 때, 갑작스럽게 터진 호랑이 할배의 벽력같은 고함소리는 순식간에 우리들의 절박하고 황감한 희열을 깨뜨렸다.

우리는 보리밭을 가로질러 냅다 도망을 쳤다. 소녀의 흰 옥양목 저고리는 군데군데 보리깜부기로 얼룩이 지고, 가뿐 숨결로 발그레해진 얼굴은 그야말로 세상에서 가장 아름답고도 고혹적인 한 알의 오디였다.

콧등 위에 맺힌 땀방울을 훔치고 달아나던 바람은 다시 보리를 눕히고 파도를 일으켰다. 그 녹색의 물결 위로 첨벙 뛰어들고 싶은 강렬한 충동은 오래도록 소년의 가슴을 흔들었다.

잠시 안도하던 소녀의 얼굴에 난데없는 절망감이 번지는 순간, 나는 그녀가 경황 중에 고무신 한 짝을 뽕나무밭에다 빠뜨리고 온 사실을 알아챘다.

보리밭 속에 소녀를 꼭꼭 숨겨두고 소년은 다시 뽕나무밭으로 향했다. 소녀의 신발을 찾으러 떠났던 용감한 기사는, 그러나 신데렐라의 유리 구두를 찾는 데는 성공했지만 끝내 호랑이 할배에게 포획되는 불운만은 피하지 못했다.

"아! 글씨, 내가 그렇게 호통을 쳐 쫓아 보냈는데도 겁도 없이 또 달려들지 않았겠어!"

머리를 절레절레 내두르는 할배가 꼬마 영웅을 인계하고 떠나자, 아버지는 차라리 내게 다정한 목소리로 말씀하셨다.

"야, 이눔아~! 그 영감이 호랑이라는 건 온 동네가 다 아는데, 그래, 니 우짤라고 다시 거기로 갔노, 그렇게도 오디가 묵고 싶더나?"

나는 끝끝내 뽕나무밭으로 다시 달려간 연유를 말하지 못했다. 다만 나는 주머니 속에 고이 숨겨 놓은 애꿎은 한 짝의 고무신만 땀 밴 손으로 만지작거리며, 곧 돌아올 나를 눈이 빠지게 기다리고 있을 소녀를 생각했다.

그렇게 다소 굴욕적이기까지 했던 그 사건의 전말을 아버지는 끝내 알지 못하고 세상을 뜨셨다. 참으로 한심하고 못난 아들을 두었다고 실망스러워하시는 당신이 약간은 불쌍해 보였지만, 나는 왠지 그 사실만은 누구에게도 발설해선 안 된다고 막연히 생각했던 것이다.

대처로 시집을 가서 3남매를 훌륭히 키운 어머니가 되었다는 소녀의 소문을 들으며, 괜히 눈길이 먼 하늘로 달려가던 기억은 있지만, 그 후로도 나는 그 추억을 누구에게도 발설해본 적이 없다.

그리고 교교 2년, 조숙한 방황과 혼돈의 마음 갈피로 속수무책 휑한 가슴을 어찌할 수가 없었던 시절, 무영탑의 비련이 남아있는 현장 '영지' 근처의 보리밭 속 한 무덤가에서, 한 여학생을 부둥켜안은 채 한밤을 꼬박 새웠던 일 역시 아무에게도 얘기한 적이 없다.

갑작스런 새벽 한기로 미망에서 깨어났을 때, 무슨 폭약이라도 끌어안고 있었듯 놀라 서로를 밀쳐내며 부딪쳤던 그 경악으로 기겁하던 눈빛. 아, 나는 유난히도 새벽별이 영롱하던 그날을 결코 잊을 수가 없다.

자욱하게 안개가 덮고 있는 호숫가의 보리밭을 빠져나와 어깨에 묻은 미명을 털어내면서 우리는 끝끝내 아무 말도 하지 못했다. 그때도 그녀의 하얀 교복 윗도리엔 보리깜부기가 찍혀 있었고, 산모롱이를 돌아 나오는 새벽 기차는 할배의 고함인 듯 굉음으로 기적을 울려댔다.

그때서야 나는 간밤 질이 낮은 도라지 위스키 3병 중 두 병을 나팔 부는 객기를 부렸고, 질세라 옆에 있던 여학생이 나머지 한 병을 낚아채어 역시 단숨에 마셔버린 걸 기억해냈다.

나는 지금도 언뜻언뜻 그날을 떠올리며, 당시 스스로가 참으로 허물이 많은 불량소년이 아니었는지를 생각해 보곤 한다. 그러면서 주제넘게도 나는 그날 밤 그래도 뭔가를 소중히 지켰다는 자부심을 붙잡는다. 정말 우리는 그날 무엇을 지킨 것일까.

아직도 가슴속에서 푸르게 보리가 자라고 있는 나는, 고향에 갈 때면 이명처럼 들려오는 수상한 바람소리와 더불어, 질펀한 보리밭 저 끝자락에서 누군가가 자꾸만 부르는 소리가 있어, 자주자주 스스로의 발걸음을 멈추곤 한다. 한때 유행을 탔던 노래의 가사처럼……

— 돌아보면 아무도 보이지 않고, 저녁놀 빈 하늘만 눈에 차누나……
♪~♬~.

끈질기게도 내 시선을 붙잡고 발길을 머물게 했던 그 영지의 보리밭을 잊는 날 그날이야말로 내가 고향, 아니 이 세상까지도 모두 버리는 날이 되리라.

그리하여. 나 또한 스스로가 신봉해온 '만상의 법'에 따라 한 가닥 바람이 되어 그 어떤 것에도 붙잡히지 않고 거칠 것이 없는, 만사여의(萬事如意)한 우주의 나그네가 될 것이리라.

아름다움의 이데아

이문열

[소설가 · 영양]

아름다움의 이데아

이문열

밀양에서 내 어린 날들은 대략 초등학교 졸업을 앞뒤로 해서 전혀 다른 빛깔과 느낌의 두 부분으로 나뉘어진다. 앞의 두 해는 —아아, 어른 된 지금에 와서도 추억만으로 가슴 띈다. 그때 삶은 희망으로 밝았으며 세상은 기쁨으로 빛났었다. 놀이와 꿈속에서 내 유년(幼年)은 꽃피었고, 바로 그 꽃그늘에서 그 뒤 내 삶을 이끌어준 모든 아름다움의 이데아가 자랐다. 비록 한 애늙은이의 환상이나 착각에 지나지 않을는지 몰라도 거기에는 세월의 비바람에 바래지지 않을 첫사랑이 있으며 더러는 오늘까지 벗으로 남고 더러는 기억의 어둠 속에서만 반짝이긴 해도 또한 이 한 살이[生]가 끝날 때까지는 결코 잊혀질 리 없는 코흘리개 동무들이 있다. 떠난 뒤 몇 번이나 되찾은 적이 있지만 밀양의 기억은 언제나 삼십 년 저쪽만을 고집하는 것도 어쩌면 그게 꽃다운 그날의 배경이었기 때문은 아닐는지.

먼저 떠오른다, 그 맑고 푸르던 남천강(南川江). 사람은 같은 물에 두 번 발을 담글 수 없다지만, 나는 아련한 꿈속에서 또는 애틋한 그리움 속에서 수없이 그때의 그 강물에 내 발을 담갔다. 봄눈 녹아 흐르는 찬 여울살에, 모랫벌을 얕고 넓게 지나느라 뜨거워져 강을 거슬러 올라오던 은어 떼를 이따금씩 혼절시키던 여름의 느린목에, 가만히 들여다보고 있노라면 까닭 없이 슬퍼지던 가을의 교각(橋脚) 곁 그 맑은 웅덩이에, 이미 유리 같은 살얼음이 끼기 시작하던 그 발 저린 겨울 물굽이에. 세월은 구름처럼 허망히 흘러가버렸으나 내 발을 감싸는 물살은 언제나 예전의 그 물살이었다.

또 나는 아직도 알 듯하다. 어느 모랫벌 어디쯤에 가면 모래 속에 얕게 숨은 모래무지를 운 좋게 밟아 어린 손아귀에는 뿌듯하던 그 모래무지들을 잡아낼 수 있으며, 8월 초순의 어느 느린목에 죽은 것처럼 하얗게 배를 뒤집고 가라앉아 있어도 주워다 찬물 동이에 넣기만 하면 곧 생기 차게 되살아나는 은어 떼가 있는 곳인지를. 어떤 여울살에 파리낚시를 던지면 검은 등에 희고 반짝이는 배의 비늘로 맵시로는 단연 으뜸이던 참피라미들과 무지갯빛 화려한 무늬를 자랑하던 먹치들을 낚아 올릴 수 있고, 어떤 여울목에 다슬기를 짓찧어 넣은 사발을 묻으며 지느러미 고운 가살치와 배불뚝이 쫑매미를 담아낼 수 있는지를.

어떤 굽이에 가면 강물이 비껴 흘러 웅덩이나 다름없이 괸물이 있고, 그곳 어디에 물풀들이 무성히 자라, 떠올리면 공연히 기분 좋은 붕어들과 길을 잘못 든 가물치 새끼가 숨어 있는지를, 뻥구리 텡가리 노지름쟁이 수수꿀레미 버들피리 납주레미 눈치 밀피리 껵다구 문디고기―아동용의 동물사전쯤으로는 그 표준어 이름을 알기 어려운 그곳의 숱한 물고기들이 어떤 돌 틈에 알을 슬고 메(물고기집)를 파는지를.

그 강물을 따라 양편으로 길게 흐르던 둑길도 거기 깃들이고 살던 작은 목숨들과 더불어 속절없는 삼십 년을 이겨내고 기억 속에 살아 있다. 그 둑길의 강 쪽 등성이와 거기 이어진 습기 찬 풀밭에서는 꼬리를 끊고 달아나던 게 늘상 신기하던 도마뱀이며 껍질을 벗겨 구워놓으면 먹음직해 뵈도 비위 약한 탓에 끝내 먹어보지는 못한 살찐 다리를 가진 떡개구리들, 그리고 저만치 질경이 이파리 위에 앉아 있어도 왠지 밝게 될까 가슴 죄던 청개구리와 건드리기만 해도 죽은 듯 몸을 까뒤집어 알록달록 배를 드러내던 비단개구리가 비교적 몸집 큰 식구들이었다.

거기 비해 둑길의 마을 쪽 등성이는 좀 더 다양했다. 둑길을 건너온 앞서의 양서류(兩棲類)들은 말할 것도 없거니와 물 걱정 없는 그쪽에 굴을 파고 사는 들쥐와 뱀들에다 작은 덤불에 둥지를 튼 멧새들까지 있었다. 방아깨비 송장메뚜기 여치 사마귀 풀무치 풍뎅이 쇠똥구리며 크고 작은 이름 모를 나방들은 이쪽저쪽 편리한 대로 오가며 살았다. 장마철이 되어 불어난 강물로 강 쪽의 풀밭이 잠겨들기 시작하면 물가에 살던 다른 많은 날것들과 함께 강둑 위로만 몰려 오글거리던 그들이 원인 모르게 애처로워 보였다. 그리고 새(鳥)들만은 못한 대로 우리의 손이 닿는 날것 중에서는 가장 멋지고 탐나던 그 왕잠자리들.

나는 긴긴 여름해가 지는 줄도 모르고 그 수컷들로 봐서는 간교하고 비열하기 짝이 없는 미인계(美人計)에 열중하곤 했다. 별 쓸데도 없이 열 손가락 사이를 채워야 한다는 고집 하나로 실에 다리가 묶인 암컷이 지쳐 날갯짓도 못할 때까지 실 끝을 쥔 손을 휘둘러댔고, 어떤 때 끝내 암놈을 잡지 못했을 때는 수컷의 날개며 몸통에 호박꽃 가루를 노랗게 발라 짝 없이 떠도는 외로운 수컷의 사랑에 허기진 맹목을 노리기도 했다.

하지만 그 작은 목숨들보다 더 강한 인상으로 내 머릿속에 새겨진 것은 역시 그 둑길에서 보게 되는 사람들이었다. 밀양에서 사랑을 해본 적이 있는 사람 중에 시원한 강바람과 짙은 풀 향기의 여름밤 강둑길을 모르는 사람이 있을까. 아직은 50년대의 보수(保守)가 완강히 버티고 있을 때였지만 어떤 대담한 마을의 로메로와 율리아는 아직 해가 지기도 전에 팔짱을 끼고 그 둑길을 거닐기도 했다.

해 질 녘 하루의 물놀이에서 돌아오던 내가 둑길 풀섶에 깨끗한 손수건을 깔고 나란히 앉아 가만히 놀을 바라보는 그들에게 부러움을 넘어 알지 못할 시새움까지 느꼈다면 그건 나의 지나친 조숙이었을까.

어느 서리 친 늦가을 아침, 턱없이 흥분한 구경꾼들 틈에 끼어 보았던 어떤 불행한 연인들. 영아 살해(嬰兒殺害) 혐의로 체포되어 그곳으로 끌려온 젊은 남자가 수갑 찬 손길로 가리킨 강가 모래밭에서는 비닐 보자기에 싸인 갓난아이의 시체가 나왔다. 절로 죽었는지 죽음을 당했는지를 알아보기 위해 핏덩이나 다름없는 어린 것을 검시(檢屍)하고 있을 때 실성한 듯 달려와 그 젊은 남자를 부둥켜안고 울던 아가씨. 성난 구경꾼들은 소리 높여 그들을 욕하고 침을 뱉었지만 흐느끼는 그들 불행한 연인들을 바라보던 내 콧마루가 시큰했던 것은 또 무엇 때문이었을까.

이제 와서 보면 그게 현명 전야(前夜)의 한 징표였던 듯도 싶지만, 그 무렵은 젊은 실업자들이 유난히 많았다. 일찍이 청운의 뜻을 품고 큰 도회로 떠났으나 끝내는 상처 입고 지쳐 돌아 온 이들이 대부분인 그들은 그곳이 이 세상에서 가장 편안한 안식처인 듯 둑길 풀밭에 팔베개를 하고 누워 떠가는 흰 구름만 하염없이 바라보곤 했다. 여자아이를 대학에 보낸 집이 읍내를 통틀어도 아직은 열 손 안에 꼽을 수 있을 만큼 적던 시절이라 기껏 그곳의 고등학교로 끝장을 보고 혼기(婚期)가 되기만을 기다리던 아가씨들도 둘셋씩 짝을 지어 자주 그 둑길을 수놓았다. 저희끼리만 공부한 여고 출신은 짐짓 시침을 떼며, 그리고 남녀 공학인 인문 고등학교나 농잠(農蠶) 고등학교 출신은 좀 대담하게, 얼굴 희고 손길 고운 그 실업자들을 훔쳐보며 지나쳤는데, 짐작컨대는 그들 사이에서도 많은 새로운 쌍의 연인들이 태어났을 것이다.

그밖에 그 둑길과 연관되어 떠오르는 사람들로는 가을이 되면 조금이라도 땔감에 보탤까 해서 쇠갈퀴로 잔디 뿌리가 드러나도록 둑길 풀섶을 긁어대던 몸뻬 차림의 아주머니들과 염소나 송아지를 끌고 강변 쪽 풀밭을 어슬렁대던 늙은이들, 그리고 토끼풀을 뜯거나 이런저런 놀이로 뛰어다니던 아이들이 있다. 모두가 그 무렵의 보편적 빈곤과 이어진, 자 칫하면 우중충한 추억의 배경이 될 모습들이지만, 이 무슨 감정의 고집 일까, 내게는 하나같이 뜻 깊고 그리운 사람들일 뿐이다. 그 둑길 강 하 류 쪽 끄트머리에는 흔히 '문둥이집'이라고 불리던 움막이 두어 채 있었 는데, 분별없는 기억의 과장은 그것마저도 턱없는 아름다움으로 덧칠 해, 뒷날 그 움막들이 없어진 걸 보자 나는 무슨 소중한 꿈의 일부를 잃 어버린 사람처럼 허전함을 느끼기까지 했다.

뱃다리거리 위쪽으로 둑길이 끝나는 곳에 있던 솔밭과 모직공장도 내 유년의 작은 무대 가운데 하나였다. 모든 산들이 거의 벌거숭이가 되어 있다시피 한 때인데도 푸르름과 당당함을 자랑하던 그 소나무 숲은 교 사(校舍) 부족에 허덕이던 우리들에게 훌륭한 야외 교사(野外校舍)가 되어 주었다. 따뜻한 봄날이나 노염(老炎)이 숙지는 초가을 같을 때, 칸막이도 없이 서너 반(班)이 이곳저곳에 흑판을 걸고 왁작거려야 하는 강당이나 구색한 판잣집 가교사(假校舍)에서의 수업에 지친 선생님들은 곧잘 우리 를 그 솔밭으로 끌고 가 거기에 요란한 유년의 추억 일부를 묻어두게 했 다.

모직공장은 그 솔밭과 강둑길을 사이에 마주보고 있었다. 해방 전에 는 전국에서 알아주던 큰 공장이었으나, 그때는 함부로 자란 들풀과 잡 목 사이에 버려져 있었는데, 한 번 내 유년의 동화적인 상상력이 끼어들 자 그것은 곧 신비스런 중세의 고성(古城)으로 변했다. 끔찍한 몰락의 전 설과 함께 괴로운 죽음을 맞아야 했던 그 마지막 영주(領主)의 원통한 넋 이 밤마다 굳게 닫힌 문들을 삐걱이며 열고 나와 스산한 잡목 숲을 배회

했고, 때로는 늙은 마법사가 녹슨 직조기(織組機) 사이에 향불을 피워놓고 일생을 닦아온 마법의 완성을 서두르고 있기도 했다. 그 후 삶이란 쓰디쓴 시간 때우기에 지나지 않는다는 단정을 내리게 된 뒤조차도 그곳을 지나치다 보면 까닭 모를 설렘에 젖을 때가 있었는데, 어쩌면 그것은 그때껏 내 가슴 한구석에 살아 있던 그 마법사에게 영혼을 팔아서라도 사고 싶은 그 무엇이 있어서는 아니었던지.

그러나 밀양을 얘기하면서 아무래도 빼놓을 수 없는 것은 강을 가운데 끼고는 그 솔밭과 엇비슷이 맞보고 있는 영남루와 대숲이다. 영남루는 밀양을 찾는 이에게는 그 어떤 버스 정류소나 기차역보다 먼저 나타나는 마중꾼이고 떠나는 이에게는 또한 그 마지막 배웅자였다. 그러나 거기 몸담고 사는 사람에게는 어김없이 그 읍의 중심이어서, 찾아온 손님을 제일 먼저 데려가는 곳도 그곳이고 자기 자신 먼 곳을 떠돌다 돌아와서도 가장 먼저 찾게 되는 곳도 거기였다. 나에게도 그것은 마찬가지여서, 그곳을 들러보지 않고 돌아오게 되면 밀양 자체를 다녀오지 않은 것 같은 느낌이 들곤 했는데 그 까닭은 아마도 거기에 서린 유년의 추억들 때문일 것이다. 다른 아이들도 그랬는지 모르지만, 밀양에서의 명절들은 물론 길고 지루하던 여름방학의 태반이 영남루의 기억과 얽혀 있다. 누각이나 전망의 아름다움보다는, 거기 잇대어 있는 대숲과 오래된 참나무붙이가 주된 수종(樹種)을 이루던 뒤편 산이 마땅히 갈 만한 곳도, 좋은 장난감도 갖지 못한 내게는 더할 나위 없이 훌륭한 놀이터가 되어준 것이었다.

먼저 그 대숲, 한 번도 맞닥뜨려본 적이 없는 관리인과 대숲 아래 비탈길을 지나다니는 사람들의 눈길을 피해가며 청대를 찌던 때의 가슴조림은 지금에조차도 꿈속에서 온몸을 진땅으로 적신다. 마음은 급하고 알맞은 도구는 없이 함부로 꺾은 대를 칼돌로 짓찧다 보면 잘못 찧어 손톱부터 먼저 새까맣게 멍들기 일쑤였다. 나는 그 대숲에서 합쳐 일곱 대의 청대를 쪄냈고, 그중에서 다섯은 낚싯대로, 둘은 활로 만들었는데, 필요하다면 아직도 내가 그 대를 쪄낸 곳을 정확히 가리켜낼 수 있을 듯하다.

그 대밭 발치 바위 언덕의 석화(石花)들도 오래오래 잊혀지지 않는 것들 중에 하나다. 화강암인 성싶은 그 바위 언덕 군데군데 연꽃 모양으로 튀어나온 게 바로 석화인데, 그게 절로 생긴 것인지 사람이 새긴 것인지는 여태 확인하지 못했다.

하지만 추억으로 치면 보다 생생한 것은 그 대숲 위 영남루와 무봉사(舞鳳寺)와 상수도 가압장(그때 어린 우리는 그걸 수원지라고 불렀다)을 잇는 삼각형에 드는 참나무붙이 숲이다. 이른 봄 먼저 나를 그리로 불러들이는 것은 그렇게 탐냈으면서도 끝내는 잡아보지 못한 다람쥐들이었다. 뒷날 여자를 성(性)이 고려된 구체적 욕망의 대상으로 보게 된 나이에 이르렀을 때 나는 가끔씩 그녀들을 다람쥐로 비유하곤 했는데, 어쩌면 그런 비유는 그때 그 다람쥐들에게 느낀 원한에 가까운 야속함이 내 의식 깊이 앙금으로 가라앉았다가 은연중에 표면으로 떠오르게 된 것이나 아닌지 모르겠다.

뾰죽뾰죽 돋던 참나무의 새순들이 점차 넓은 잎새로 자라 그 숲길이 짙게 그늘지는 여름이 되면 다람쥐를 쫓던 내 열정은 그 숲의 다른 식구들—다람쥐보다는 더 작고 날렵하지만 아둔해서 잡기는 쉬운 매미와 풍뎅이, 하늘소 따위에게로 방향을 바꾸었다. 눈이 밝고 나무가 조금만 흔들려도 알아채는 참매미나 말매미를 잡기 위해서는 말(馬)들이 먼저 수난을 당해야 했다. 말총으로 만든 눈에 잘 보이지 않는 올가미만이 그들을 잡아낼 수 있는 수단인 까닭이었다. 그 무렵 일감을 기다리는 읍내의 말구루마(말이 끄는 수레)들은 모두 뱃다리거리 밑에 모여 있곤 했는데, 거기서 말총을 얻을 때부터가 이미 모험이었다. 뱃다리 그늘에서 시원한 강바람에 졸고 서 있는 말꼬리에서 말총을 뽑으면 말들은 그 아픔을 못 이겨 소리 내어 울거나 뒷발질을 해댔고, 그 소동에 역시 그 부근에서 눈을 붙이고 있다 깨어난 말 임자들이 소리소리 지르며 아이들을 뒤쫓기 마련이었다.

콤매미 찔찔이 풍뎅이 하늘소 따위는 훨씬 잡기가 수월했다. 시원찮은 망사 매미채면 넉넉하고, 때에 따라서는 옥양목으로 만든 채나 맨손으로도 얼마든지 잡아낼 수 있었다. 특히 우리들에게는 먹풍뎅이라고 불리던 검고 빛나는 등에 몸집이 큰 풍뎅이나, 한번 잡으면 며칠씩이나 아이들의 부러움을 사던 장수하늘소는 어떻게 잡느냐보다는 어디서 찾아내는가가 더 어려웠다.

가을의 그 숲은 이번에는 갖가지 모습의 도토리로 아이들을 끌어들였다. 꼭지 부분을 칼로 도려내고 성냥개비를 꽂아 손팽이를 만드는 것 외에는 이렇다 할 쓸모가 거의 없다시피 한 그 도토리들을 주워 모으는 데 바쳤던 그토록 많은 시간과 노력을 떠올리다 보면, 인간이 종종 빠지게 되는 탐욕이란 고약한 열정이 바로 그런 게 아닌가 하는 생각이 들 때가 있다. 결국은 방 안이나 책가방만 며칠 어지럽게 하다가 이리저리 버려지고 말 그 도토리를 위해 아이들은 또래들과 다퉈가며 날이 어둡도록 거친 산비탈의 낙엽과 풀섶을 헤집고 다녔다. 가만히 따져보면 지금 내가 집착하는 여러 가지 일도 기실은 삶의 도토리에 부리는 쓸데없는 탐욕이나 아닌지.

가을의 그 숲이 가지는 또 다른 효용은 대개 추석을 앞뒤로 얼마간은 가게 되는 위험한 화약놀이를 마음 놓고 할 수 있는 우리만의 장소로서였다. 그 무렵 초등학교 상급반 아이들은 단순한 딱총이 아니라 스포크 총이란 걸 만들어 썼다. 양산대를 잘라 총열(銃列)을 삼고 자전거 살과 휠 사이를 연결하는 작은 쇠붙이로 약실(藥室)을 대신한 그 총은 소리가 엄청날 뿐 아니라 약실 끝에 탄환을 넣으면 제법 사람까지 다치게 할 수 있었다. 또 폭죽도 가게에서 파는 조잡한 것을 그대로 쓰지 않고 만들었는데, 거리에서 터뜨리면 근처 가게의 유리창이 떨리고 아주머니들이 풀썩 주저앉을 정도였다. 따라서 그런 것을 가지고 놀 때는 사람들과 거리에서 떨어진 곳을 찾지 않을 수 없었고 그러다 보니 그 숲이 가장 알맞은 장소가 되고 말았다.

겨울이 되면 그 숲은 잠시 아이들에게서 멀어졌다. 줄기와 가지만 앙상한 참나무 숲 산중턱에서 얼어붙은 강을 내려다보기 좋아하는 이상한 취미를 가진 어른들이나 여름밤의 강둑길에서 그리고 옮겨온 젊은 연인들의 차지가 돼버리는 까닭이었다. 특히 눈이라도 오는 날은 밀양의 거의 모든 연인들이 거기모여 하나뿐이던 영남루의 사진사를 바쁘게 했다.

아랑(阿娘)이 목숨으로 지킨 정절의 의미가 뚜렷하지는 않은 대로 대숲 사이에 서 있던 아랑각(阿娘欄)도 나름대로는 내 어린 영혼에 무언가를 말했던 듯싶다. 역시 뒷날의 일이지만, 제법 그런 일을 키들거리며 주고받을 나이가 되어 밀양을 들렀을 때, 나는 그곳 아가씨들의, 소읍에 흔히 있기 마련이면서도 듣기에는 언제나 뜻밖인 성적 분방함에 몹시 화를 낸 적이 있다. 아랑제(阿娘祭) 때 행렬의 선두에서 단정한 미소로 손 흔들어 지나가던 그 아랑들에게 느꼈던 어린 날의 연모가 나를 분개하게 만들었음에 틀림이 없다.

한번 돌아보기 시작하자 밀양은 점점 가깝고 생생하게 다가오고 그걸 잡아보려는 내 도구는 점점 무력해진다. 그때는 그대로 하나의 완전한 우주였던 그곳을 이 애매하고 모자라는 말(言)과 끝내는 한정이 있기 마련인 시간으로 어떻게 모두 잡아둘 수 있단 말인가.

나는 아직 사포(沙浦)의 배와 기러기도 얘기하지 못했고 용두목의 물놀이와 선불의 밤밭, 진늪의 백송(白松)이며 마음 산도 애매한 기억 속에만 남아 있다. 반투명의 고운 곱돌(화석)을 주우러 가 동굴 속의 톰 소여를 꿈꾸었던 읍내 광산이며, 한줌의 쪼대(질 낮은 고령토)를 얻기 위해 한나절이나 걸어야 했던 그 도자기 공장도 모두가 말로 잡아두기에는 또 다른 기화와 열정을 필요로 하는, 내 꽃피는 유년의 뜨락이었다.

그러나—어느 날 문득 꽃은 시들고 빛은 스러졌다. 삶은 실상으로 내 유년을 목 조르고, 세상은 어둡고 긴 터널이 되어 내 앞에 입을 벌렸다……

낭만이 넘치던 동인지 시절

이상우

[소설가 · 대구]

낭만이 넘치던 동인지 시절

— 나를 추리작가로 만든 대구 형무소

이상우

　나의 소설에 대한 열망은 1950년 한국전쟁 통에서 싹트기 시작했다. 초등학교 졸업반이었으나 학교 건물은 군부대에 내주고 학생들은 개천가로, 들판으로 헤매다니며 공부하던 시절이었다.

　당시는 전쟁 소식을 전하는 유일한 소식통이 일간신문이었다. 물밀듯이 밀려온 피난민들은 전쟁 소식에 목말라 있었다. 대구에서 발행되는 신문 중에는 영남일보가 가장 인기가 있었다. 따라서 신문팔이가 좋은 돈벌이 수단이었다.

　오후 4시쯤 되면 신문을 받기 위해 신문사 앞에 아이들이 긴 줄을 서서 기다렸다. 신문 뭉치를 옆구리에 낀 아이들은 시내를 향해 냅다 달리면서 "낼 아침 영남일보!" 하고 외쳤다. 한 발짝이라도 먼저 달려가야 신문을 더 팔 수 있기 때문이었다. 왜 "내일 아침 신문"이냐 하면 신문의 날짜가 하루 늦게 인쇄되어 나오기 때문이다.

　그런데 나는 신문을 받아들면 팔러 뛰어나가기 전에 신문사 계단에 앉아서 4쪽짜리 신문 마지막 페이지 문화면의 연재소설을 읽었다. 가장 기억에 남는 소설은 정비석의 「여성전선」(女性戰線)이라는 소설이었다. 얼마나 재미가 있었던지 눈이 활자를 집어삼킬 듯이 들여다보며 가슴을 조이고 소설을 읽었다. 하루를 사는 재미가 거기에 모아져 있었다. 소설이라는 것이 사람을 미치게 하는 마력이 있다고 생각했다.

신문 팔아 모은 돈으로《소년세계》나《새벗》같은 잡지를 다달이 사서 읽으며 문학에 대해 눈을 뜨기 시작했다. 중·고등학교 시절에는《학원》이라는 잡지에 글을 써서 보내기도 했다. 신기하게도 더러 실리기도 했다.

"이상우 군의 시「온실」은 따스한 체온과 그 속에 차갑도록 날카로운 이지(理智)를 뽑아낸 멋진 작품이었다. 이 군은 더욱이 산문「인간 제일장」에서도 놀라운 필치를 보였다." (학도주보)

피난 시절의 대구에는 서울에서 온 문인들로 넘쳤다. 대학 시절에는 저명한 문인들을 만날 기회가 많았다. 피난 온 문인들은 대구의 향촌동에 있는 '백록'(白鹿), '춘추'(春秋) 다방과 '녹향'(綠香)이란 음악 감상실에 주로 모였다. 그곳에 가면 언제나 조지훈, 박목월, 정비석, 김준성, 구상, 최태응, 장덕조, 이원수 같은 유명한 문인들을 만날 수 있었다. 전쟁 전부터 대구에 거주하던 문인들도 많았다. 시인으로 백기만, 유치환, 김종길, 신동집, 이호우, 이영도, 박귀송, 이설주, 박훈산, 이윤수, 박양균, 예종숙, 김경환 등과 함께 이응창, 전상열, 이정수, 박정봉, 김성도, 최계락, 김홍곤 등도 문학 향기 짙은 '대구'의 분위기를 만들고 있었다.

전쟁이 끝난 뒤에도 대구는 문학청년들에게 더 매력의 도시였다. 학생을 중심으로 일어난 문학 서클 조직이 활발하게 전개되었다.

나는 학교 동창들을 중심으로 〈백치(白痴)창작동인회〉를 만들었다. 이원두, 손진문, 이호진과 나까지 4명이었다. 대구에는 전쟁 전부터 이윤수를 중심으로 한 〈죽순〉이라는 시를 중심으로 한 문학 동인이 있었다. 우리 동인은 소설을 공부하기 위한 모임이었다. 〈백치〉라는 명칭은 우리가 한창 심취해 있던 도스토옙스키의 장편소설『백치』에서 이름을 따왔다. 소설 '백치'의 주인공 미슈킨 공작의 무모할 만큼 순수한 사랑을 좋아했기 때문이었다. 백치 동인들은 동인집을 프린트 판으로 발간했는데 4집까지 나왔다.

그 무렵 기성 문인이나 동인회 활동을 하는 문학 지망생들의 발표 매체가 꽤 많은 편이었다. 영남일보, 대구매일, 대구일보 등 3개 일간지를 비롯해 경북도에서 발행하는 〈도정월보〉(道政月報), 〈문학계〉, 최광렬이 발행하는 〈개인잡지〉와 경북대, 대구대, 청구대, 효성여대에서 발간하는 학보와 10여 개 동인회의 동인지가 있었다. 〈도정월보〉는 시인 서정희가 편집장으로 있으면서 책의 거의 절반을 문인들의 작품으로 채웠다. 나도 여러 편의 단편을 발표하고 적잖게 주는 원고료로 동인회 운영에 활용했다.

동인회 활동이 활발하여 〈후반기〉(김기문), 〈백치창작동인〉(이상우), 〈문향〉(김학섭), 〈달구벌〉(김칠문), 〈향림〉(박요한), 〈칡넝쿨〉(김원중), 〈백경〉(마수신) 등의 동인이 나왔다. 이외에도 여학생 동인인 〈소라〉와 〈창인부락〉, 〈길〉, 〈시문학〉이 있었다.

〈백치〉 멤버들보다 선배 동인 활동가들인 김윤환, 허만하, 이규헌, 이근후 등의 작품 발표도 활발했다. 뒤에 정계에서 활동한 김윤환은 시동인이면서 단편소설 「먼 후일」을 대구일보(1957)에 발표하여 화제를 모았다.

1957년을 결산하는 '향토문화 올해의 결산'을 영남일보에 게재한 이규헌의 글에는 '대구 유일의 소설동인지 《백치문학》이 있다. 이미 제3집을 낸 바 있고, 비록 프린트 판이나마 동인들은 꾸준히 공부하고 있다. 특히 「인간 제1장」의 작가 이상우는 흔히 있는 문학도와는 달리 인간의 핵심적인 문제와 피투성이의 대결을 하고 있는 분이다'라고 논평

했다.

동인들의 활동에는 문학의 밤과 시화전이 대종을 이루었다. 각 대학의 강당이나 대구 중앙통에 있는 미국문화공보관에서 자주 열렸다. 〈백치창작동인〉은 1957년 미국문화공보관을 빌려 '이상 20주기 연구발표회'를 열기도 했다.

나는 청구대학에 재학 중에 영남일보에 견습 기자로 입사하여 대학신문인 《청구춘추》의 편집국장과 대학 문학지 《청구문학》 편집인도 맡아서 많은 습작을 발표했다. 김원일과 박건수 등도 참여를 했다.

1958년에는 나와 원로 시인인 이효상 교수와의 논전이 매일신문과 영남일보 지상을 통해 몇 주 동안 계속하여 화제를 모은 일이 있었다.

1958년 현대문학에 발표된 송기동의 「회귀선」이란 단편이 예수를 모독했다고 하여 종교인의 벌떼 같은 공격을 받고 있던 때 이효상 교수(뒤에 국회의장을 지냈다)가 매일신문에 장장 5회에 걸쳐 '예술과 윤리성—소설 회귀선을 중심으로'라는 글로 송기동의 작품을 맹렬히 공격했다. 나는 그 논평을 보고 반격을 해야겠다고 생각했다. 바로 이어서 영남일보에 '소설 「회귀선」을 변호한다—이효상의 예술과 윤리성을 읽고'라는 제목으로 반격을 했다. 이효상 교수는 예수와 막달라 마리아가 애정행각을 벌였다는 것은 성인의 모독이라고 공격을 했고, 나는 소설이 왜 성경 줄거리를 벗어나면 안 되느냐고 공격했다. 이 논쟁을 계기로 대구의 논객들은 모두 양편으로 갈라져 몇 달 동안 각자의 논지를 펼쳤다.

나는 청구대학 재학 시절 영남일보와 대구일보 두 군데서 기자로 일하면서 틈틈이 작품을 발표했다.

1961년 박정희 쿠데타 이후에 대구일보에 풍자소설 「신설 임꺽정전」, 「신 옥루몽」, 「신 손오공」 등을 채국산인(彩菊山人)이란 필명으로 연재하면서 군사독재 정부를 은근히 골려주었다.

이 일이 괘씸죄가 되어 다른 사건을 걸어 대구에 주둔한 제5관구 계엄사령부에서 계엄법 위반으로 구속되어 군사재판에 회부되고 삼덕동의 대구형무소에 수감됐다. 〈특별범죄 처벌에 관한 임시조치법〉이란 죄목으로 구속시켜 계엄 군재에 회부하고 사형 또는 무기징역을 시키겠다고 으름장을 놓았다.

형무소 감방에 갇혀있는 동안 살인 7범의 전과자인 감방장의 눈에 들기 위해 매일 옛날 이야기를 들려주면서 대접받고 하루하루를 보냈다. 한 달 이상이 되자 밑천이 떨어져 더할 이야깃거리가 없었다. 이야기를 못하게 되자 린치가 이만저만이 아니었다. 할 수 없이 밤잠도 못 자고 이야기를 만들어 하루하루를 넘겼다. 그들이 주로 셜록홈즈나 루팡 같은 탐정소설을 좋아하기 때문에 탐정소설 줄거리를 만들기 시작했다. 감방에서 스토리 플롯 100개쯤 만들었을 때 석방이 되었다.

그 뒤 잡지사 등에서 소설 청탁이 오면 감방 작품 줄거리를 뼈대로 추리소설을 써주었다. 그러다 보니 어느새 추리작가가 되어 있었다.

1966년 서울의 일간신문으로 자리를 옮기면서 기자와 작가 생활을 하는 동안 60여 년의 세월이 흘렀다. 지금 생각하면 아련한 낭만의 시절이었다.

사람, 또 사람, 다시 사람, 그리고 사람

이위발

[시인 · 영양]

사람, 또 사람, 다시 사람, 그리고 사람

이위발

1. 사람—사물의 메시지는 전달이 아니라 느낌이다

고향은 자유롭지 않다. 고향은 과거가 있는 곳이며, 뿌리 내려있는 정든 곳이며, 마음속에 형성된 하나의 근원적 세계다.

고향은 공간, 시간, 마음 세 가지가 합쳐진 복합된 원초적 샘이다. 공간, 시간, 마음 중에서 어느 쪽이 더 치우치는가는 선택할 수 없다. 태어난 곳을 고향이라 한다. 어머니 뱃속에서의 생물학적인 탄생과 지정학적인 태어남이 고향이다. 하지만 태어난 시간과 공간이 같기에 어머니와 고향은 하나다.

고향 생각하면 먼저 떠오르는 사람이 있다. 벙어리 보모다. 어떻게 벙어리 보모가 집에 들어왔는지 모른다. 누구와 같이 마을로 들어왔다가 눌러앉았다는 풍문을 들었다. 1960년대, 사리 분별하지 못하는 나이였다. 벙어리 보모는 늘 알 수 없는 소리를 내뱉었다. 말을 알아들을 수 없는 나로선 눈빛과 몸짓으로만 느끼고 반응했다.

그날도 집에는 보모와 둘뿐이었다. 모두 밭에 일하러 나가고 없었다. 나를 업고 부엌에서 솥을 닦고 있었다. 바람 한 점 없는 오후 햇살이 부엌문 틈으로 들어올 뿐 주위는 적막했다. 보모의 등은 너무 포근해서 나는 언제 잠들었는지 몰랐다. 이상한 소리에 잠이 깼다. 보모의 늘 지르던 소리와는 달랐다. 보모는 부엌에서 발을 구르며 어쩔 줄 몰라 했다. 솥에 물을 붓고 물을 끓이고 있던 중이었다. 나무를 때던 불똥이 튀어 불쏘시개로 사용하던 짚단에 불이 붙은 것이다. 정신없는 상황 속에서도 보모는 나를 감싸고 있는 두 손에 힘이 들어가고 겁먹지 말라는 듯 등을 두드리곤 했다.

이미 사태는 심각하게 돌아가고 있었다. 부엌의 불꽃은 번져가고 보모는 허둥대기 시작했다. 마침 집으로 들어서던 막골 아재가 상황을 파악하고 소리를 떠나갈 듯 질렀다. 그 소리에 마을 사람들이 양동이를 들고 모여들기 시작했다. 그때까지 보모는 나를 감싸 안고 괴상한 소리만 지른 채 불 끄는 것을 지켜보고 있었다. 온몸의 사지가 떨리는지 나에게도 그 울림이 전달되었다.

불은 가까스로 진화되었고 마을 사람들은 집으로 돌아갔는데 어머니는 돌아올 줄 몰랐다. 해가 빠지면서 머리에 쓴 수건으로 옷을 털며 들어섰다. 보모에 안겨있던 나를 덥석 안아 들고는 "와 무슨 일 있었나?" 보모는 이상한 소리를 내며 부엌으로 손을 가리켰다. 기어들어 가는 소리를 내며 자신의 잘못을 몸으로 말하고 있었다. 어머니도 이미 눈치를 채고 "게안타~고마~우리 아 건사했으면 됐다! 어여 밥 먹자!"

어머니가 일하러 나가면 보모는 어머니를 대신했다. 그 보모가 그 일로부터 몇 년을 더 집에 있다가 홀연히 사라졌다. 보모와 있는 동안의 나는 포근했다. 보모의 눈빛과 이상한 소리가 자장가처럼 들렸다. 마을 사람 중에 "보모가 가당키나 한기가? 분수도 모르고"이런 말투로 투박하는 사람도 있었다. 난 그 이유를 몰랐다. 먹고 살만한 농사꾼의 아들로 태어났다. 집안 문중으로 따지자면 부모님 입장에선 위로 누님 두 분을 낳고 나를 낳았으니 애지중지할 수밖에 없었다. 경당 장흥효의 직계 제자인 석계(이시명)할배와 정부인(장계향) 장씨 할매 칠 형제 중 다섯째 정우재(이정일) 할배 9대 주손이기 때문인지 몰랐다.

　짧은 기간이었지만 그 시간이 헌신과 사랑으로 나의 감성을 심어 준 보모는 진정한 시의 스승이었다.

　2. 또 사람―그리움의 깊이가 사랑이라는 것을 모르고 산다

　학교 가방을 던지자마자 달려간 곳은 별채 옆으로 늘어서 있는 벌통이었다. 벌은 쉼 없이 윙윙거리며 자신의 일을 하고 있었다. 아버진 들에 나가셨는지 보이지 않았다. 하루 전에 하신 아버지의 가르침을 기억해냈다. 꿀벌이 분봉을 하는 시기라 지켜보지 않으면 어디로 갔는지 찾을 수 없다고 했다. 여왕벌이 나가면 일벌도 함께 따라 나간다. 벌통이 여러 통이라 전체를 보고 기다리고 있어야 한다. 옆에 있는 짚단에 올라 벌통만 바라보고 있었다. 시간이 어떻게 흘렀는지 몰랐다. 졸았는지 비몽사몽간일 때 아버지가 들에 나가셨다 돌아왔다.

　"아직 소식 없드나?" 아버진 대뜸 물었다. 입은 다물고 고개만 끄덕였다. 벌통을 하나 둘 세밀히 돌아보고는 느낌이 오는지 주변을 둘러보기 시작했다. 벌떼들의 소리를 찾고 계신 것이다. 나는 아버지 그림자만 졸졸 따라 다녔다. 한참을 두리번거리다가 뒷산 초입에 있는 밤나무를 뚫어지게 쳐다보더니 "여있네! 멀리 못갔네!" 하곤 잘 지키고 있으라는 말만 남기고 집으로 돌아갔다. 난 밤나무 밑에 쪼그려 앉아 나무 사이 쏟아지는 햇살 사이로 커다란 공같이 달려있는 벌들을 바라보고 있었다. 저렇게 많은 꿀벌이 가지에 부둥켜안고 있는지 이해가 되지 않았다. 아

버진 분봉된 꿀벌을 털어 넣기 위해 뜰채를 가지러 가셨다. 얼마 뒤 아버지는 꿀벌을 뜰채에 담아 빈 벌통에 넣으시고는 흐뭇한 표정으로 벌들을 바라보셨다.

지난겨울 꿀벌들의 양식을 주기 위해 가마솥에 설탕 자루를 부었다, 불을 때고 정성스럽게 끓였다. 나무 막대로 천천히 저으면서 "내년엔 벌통이 마이 늘어날끼다!" 손가락으로 녹은 설탕을 찍어 맛을 보시곤 나에게도 손을 내밀었다. "맛 봐라! 이게 벌 밥이다! 맛있나?" 고개를 끄덕끄덕하는 나를 바라보곤 미소를 지었다.

벌은 자신을 해치지 않으면 상대에 위협을 가하지 않는다. 벌은 온순하다. 적에게 맞서 싸우다 벌침을 쏘고 난 뒤 벌은 스스로 죽는다. 벌은 볼 때마다 신기했지만 곤충채집 숙제엔 벌을 넣지 않았다. 벌이 귀엽고 예뻤다. 발을 꼼지락거리는 것이 신기했다.

아버지에겐 벌을 돌보는 것이 생활이고, 일이었고, 경제적으로 많은 것을 가져다주진 않았지만 가족들의 건강한 삶에 만족하시는 것 같았다. 나중에 들은 이야기지만 벌을 키우게 된 것도 나 때문이었다는 후문이었다.

정확하게 기억나진 않지만 고추밭에서 풀을 뽑고 있을 때였다. 아버지가 아들을 위해 손수 만드신 원두막이 밭 모서리에 자리 잡고 있었다. 밭으로 나갈 땐 나를 그곳에 쉬도록 위해 만들었단 어머니의 말씀이 아니더라도 아버지의 의중은 짐작할 수 있었다.

여름 땡볕에 원두막에서 쉬고 있을 때 옆집에 살던 모자라던 덕칠이 형님이 숨이 가쁘게 뛰어왔다. 풀을 뽑고 있던 아버지를 찾는 것이었다. "아재요! 퍼뜩 가보소! 벌이 아를 낳아서 우리집 대추나무에 집을 짓니더!" 아버지는 그 말에 태연하게 알았다는 말 외엔 더 이상 입을 열지 않았다. 덕칠 형님은 밭고랑으로 달려가 아버지 팔을 잡아당기고 있었다. 하지만 아버진 꼼짝하지 않고 고개만 끄덕였다. 나를 놔두고 벌써 달려갔어야 하는 일이었다. 놓치면 벌 한 통이 사라지는 것이다. 그때 아버진 원두막에 있는 나를 바라보곤 웃으셨다.

고등학교를 마칠 무렵 아버지는 큰집이 있던 서울로 이사를 갔다. 난 그 벌통이 궁금하였다. 아버지에겐 집안의 주손보다는 못한 존재였지만 그 벌들이 어디에 가 있는지 알 수 없었다. 이사 온지 일 년쯤 지나자 대병으로 두 병 가득 든 꿀이 집으로 배달되어 왔다. 그 꿀을 제일 먼저 맛본 것도 나였다. 아버진 개봉을 한 후 향기를 맡으시곤 이건 밤꿀이다. "지금 먹어야 몸에 좋다" 하셨다. 서울 떠나 올 때 친척집에 벌통을 주고 온 후 일 년에 한번 이렇게 꿀을 보내왔다. 그 꿀맛과 함께 아버지의 마음을 잊은 적이 없다. 아직도 가슴속에서 아버지의 벌이 시가 되어 날아다닌다.

3. 다시 사람—부족함은 새로움의 시작이자 희망이다

'아르놀트 겔렌'은 사람이란 '결핍의 존재'임을 밝혔다. 사람은 자신의 행위로 그 결핍을 보충하기 위해 정신적으로 문화적 성취를 이루었다고 봤다. 사람들은 결핍을 채우기 위한 여정의 길에서 죽음을 맞기도 한다.

고향에서 새경을 받고 일하는 사람이 있었다. 우리집 일꾼이었다. 그 시절엔 그렇게 불렀다. 드물지만 시골에서 부농들은 일꾼들이 두세 명 되는 경우도 있었다. 고향이 아닌 타향에 들어와 산다는 것은 힘이 드는 정도가 아니었다. 특히 씨족사회를 형성하고 있는 마을에서는 더욱 그렇다. 지금은 형님이라고 부르지만 그 전엔 어떻게 불렸는지 기억이 없다. 월남 전쟁 때 파병으로 갔다가 돌아와 낯선 우리 마을로 들어와 살았다. 왜 들어왔고, 어떻게 들어왔는지 모른다. 나에겐 열심히 일하고 따뜻한 형님으로만 보였다.

먹고 살기 힘든 시절, 남의 집에서 일하며 산다는 것은 쉽지 않은 생활이었다. 집에 들어온 지 시간이 좀 지났을 때였다. 이미 우리는 한 가족이었고 식구였다. 썰매, 새총, 연, 팽이 내가 원하면 뭐든지 척척 만들어 건네주었다. 보상은 없었다. 단지 만들어 건넬 땐 입가에 미소가 가득했다.

그러던 어느 날이었다. 나는 마을 아이들과 소를 몰고 풀 먹이러 갔다. 일 킬로쯤 떨어진 덕골이란 산 입구에 소를 풀어 놓았다. 우리들은 모여서 감자를 몰래 캐 불을 지펴 구워 먹으면서 놀았다. 어스름 해질 때까지 놀다가 소를 찾으러 골을 따라 들어갔다. 같이 간 아이들 소는 다 찾았는데 우리 소는 없었다. 온 사방을 다 뒤져도 보이질 않았다.

다른 아이들까지 찾아 나서 봤지만 찾을 수 없었다. 할 수 없이 눈물이 범벅된 채 집으로 돌아왔다. 집에 와서도 마구간을 들여다보고 또 보곤 했다. 아버지와 어머니는 들에 나가 집으로 돌아오지 않았다. 그때 별채에서 새끼를 꼬고 있던 형님이 울고 있던 나에게 자초지종을 듣고는 집을 나섰다.

얼마 뒤 집으로 돌아온 부모님이 울고 있는 나를 어쩌질 못하고 기다려 보자고만 했다. 형님은 우리들이 저녁상을 물리고 난 뒤 소를 끌고 마당으로 들어섰다. 나는 달려 나가 형님을 붙들고 또 울었다. 그 모습을 보고 계시던 부모님은 다행이란 안도감으로 마구간으로 들어서는 소를 한 대 쳐주고는 쇠죽을 끓여주라고 형님에게 말했다. 나중에 안 사실이지만 형님이 소를 찾게 된 연유는 이렇다. 우리집 소가 발정이 난 걸 알고 있던 형님은 소 먹이러 간 덕골 옆 마을 황소를 키우는 집에 가서 찾아왔던 것이다. 그것도 모르고 소를 잃어버렸다는 자책감에 아버지 얼굴을 마주볼 수가 없었다.

그런 일이 있고 난 몇 달 뒤 형님은 우리집을 떠났다. 어디로 갔는지도 몰랐다. 아버지와 이미 상의가 다 끝난 뒤였다. 형님은 자신의 고향으로 돌아간 것이었다. 수십 년이 흐른 뒤 부모님이 서울로 이사를 오고 난 뒤에도 형님은 우리의 연락처를 알아내서 부모님과 인연을 이어갔다. 형님 초청으로 내려가 푸짐한 대접을 받고 왔다는 이야기를 듣고 만나 보고 싶었지만 용기가 나지 않았다. 고향으로 돌아가 결혼한 뒤 자식들을 잘 키워서 모든 사람들이 부러워했다. 이젠 팔순을 바라보는 형님이지만 어릴 적 우리집에서 살던 형님의 채취는 아직도 내 몸 안에서 떠나질 못하고 있다. 아직도 자신의 과거를 떳떳하게 이야기하며 부끄러움보다는 좋은 추억으로 간직하고 있는 형님은 진정 다시 사람이었다. 결핍이 풍요로 이루어지는 과정 또한 시의 완성과 닮았다.

4. 그리고 사람—함께 가긴 힘들어도 가는 길은 같다

주변 사람들에게만 관심과 참여로 평생 살다 간 사람이 있다. 나에겐 가까운 사람이었다. 가족은 그 사람을 원망하고 무시했다. 가족에겐 진정한 애정과 배려가 없었기 때문이다. 그렇다고 주변 사람들이 존경과 경의를 보내는 것 같지 않았다. 그의 노후는 쓸쓸하게 혼자 사는 방에서 생을 마감했다. 그 주변엔 그 누구도 찾아오지 않았다. 그렇게 그 길을 말없이 갔다.

평범하게 살면서도 갑자기 찾아온 죽음 앞에 사라진 사람이 있다. 갑자기 찾아온 코로나19로 한순간에 없어졌다. 그 사람을 만나면 그냥 좋았다. 마음을 터놓고 지냈다. 겉으로 풍기는 향기 때문이었다. 그 향기는 사람을 대하는 태도와 진실함이었다. 그 또한 주변 사람들의 배웅을 받지 못하고 그렇게 그 길을 말없이 갔다.

사람의 고유한 특징이라면 바로 영혼이다. 사유다. 노동이다. 유희다. 소비다. 도덕이다. 사람은 자연에 속해 있지만 본질은 영혼이다. '아리스토텔레스'도 사람이 이성을 지니고 있으므로 다른 존재보다 우월한 것으로 봤다.

여기에 함정이 있다. 오만함이다. 유아독존이다. 내가 아니면 안 된다는 생각이다. 빛나 보이지만 그 빛을 벗겨보면 감춰진 어둠이 나타난다. 거기서 빠져나올 수 있는 유일한 방법은 배려다. 동등한 관계라는 것을 인정하는 그 순간부터 시작된다. 그런 이성이 있어야 함에도 사람들은 그 이성을 놓치거나 무시하고 살아간다.

사람만이 가진 이성은 주변과의 조화만으로 이룰 수 있다. 동물적 본능은 동물과 다르지 않기 때문이다. 다만 자제력으로 사람으로 돌아오기도 한다.

살면서 만나기 쉬운 것이 사람인데 물건을 잃어버리면 다시 살 수 있지만 사람은 아무리 애를 써도 똑같은 사람을 만날 수 없다. 사람이 중요한 것이 여기에 있다. 사람과 사람을 천착하게 된 것은 어릴 적부터 만나게 된 사람의 냄새가 어떤 것인지 알았기에 가능했다.

첫 번째 시집 『어느 모노드라마의 꿈』에서 극시를 시도한 것도 사람

때문이었다. 실패를 했지만 후회는 없다. 두 번째 시집 『바람이 머물지 않는 집』의 소재도 사람과 자연의 조화로움이었다. 바람이 머물지 않는 집에서도 사람은 살 수 있을까? 그 의문은 살 수 있다 이다, 삭막할 뿐이다. 세 번째 시집 『지난밤에 내가 읽은 문장은 사람이었다』도 사람과 사람의 시선으로 만들어졌다. 바라보는 시선에 따라 움직이고, 튀어 오르고, 쓰러지기도 한다. 마지막 시집이 될지도 모를 지금 쓰고 있는 시 또한 사람과 사람의 대화가 소재다.

사람을 미워해선 안 된다는 뿌리가 어디서부터 시작되었는지 단정 지을 순 없다. 하지만 어릴 적 만난 사람들이 그렇게 만들었는지도 모른다. 사람은 사람으로 봐야 되는데 그대로 안 보거나 못 볼 때가 있다. 나아닌 다른 사람이라고 생각될 때 경계는 무너진다. 평등의 개념은 사라지고 적으로 보일 수밖에 없다. 상처를 준다는 것도 평등에서 벗어났기 때문이다.

다시 떠오른다. 퇴계가 평생을 지켜 온 "충고하지 마라!" 마음이 요동친다. 그런 삶을 살 수 없어 자학 때문이다. 그래서 시를 쓰고 있는 지도 모른다. 시를 생각하는 순간 사람은 미움의 대상이 될 수 없다.

사람을 사람답게 대하는 진실한 관계 그것이 가장 아름다운 일이며, 소중함을 지킬 줄 아는 비결이다. 인생에서 사람을 잃는다는 것은 죽음처럼 두렵다. 그런 실수를 하지 않기 위해 시를 쓴다. 결국 시가 사람이고 사람이 시다. 천상 사람과 사람은 시로 이루어진 노을이다.

산문

큰 무덤, 작은 무덤

이채형

[소설가 · 경주]

큰 무덤, 작은 무덤

이채형

내 고향은 고도(古都) 경주의 외곽이다. 한 번이라도 와본 사람은 알겠지만 경주의 이미지는 무덤이다. 천년 신라의 수도였으니 왕릉이 많은 것은 당연한 이치나, 경주는 그것이 유난히 조장된 느낌이다. 초입에 들어서기도 전에 눈에 들어오는 것이 무덤군(群)이다. 그래서 나에게는 일찌감치 고향, 곧 무덤이 누려 사는 곳이란 느낌이 머리에 각인되어 있다. 무덤이란 죽은 자가 남길 수 있는 유일한 추상(抽象)이라는 고정관념과 함께.

그렇다고 내 고향에는 왕릉이나 고총 같은 과거완료형 무덤만 있는 것은 아니다. 당연히 현재완료형 무덤도 있다. 전자가 큰 무덤이라면 후자는 작은 무덤이다. 전자가 역사 속 무덤이라면 후자는 추억 속 무덤이다. 고도에는 마치 옛 무덤만 존재하는 것 같지만 그 오랜 무덤들 뒤에 덜 오래된 무덤들도 엄연히 존재하는 것이다.

일 년에 한 번 정기적인 나의 고향행은 그 작은 무덤을 찾는 일 때문이다. 무덤은 죽은 이의 집이다. 무덤이 모여 있는 곳은 곧 사자(死者)의 마을이다. 구시월은 그 마을을 찾는 달이다. 성묘나 묘사(墓祀)를 위해서다. 이제는 많이 그 규모와 정성이 달라졌기는 하지만, 아직도 가을이 되면 선영(先塋)을 찾아 무덤에 자란 풀을 베고, 무덤 앞에 제물을 올리고 이미 서리와 이슬이 내렸음을 고하며 죽은 이들에게 절한다. 해마다 내가 고향을 찾는 것도 이 연례행사 때문이다. 이때 내가 찾는 무덤은 물론 저 과거완료형의 무덤이 아니라 현재완료형의 무덤, 즉 조상과 혈육의 그것이다.

고향은 자신의 태(胎)가 묻힌 곳이다. 그래서 누구나 그곳을 찾을 때면 자기 나름의 생각이나 감정을 갖게 마련이다. 나도 마찬가지다. 나의 상념은 언제나 크고 오랜 무덤과 작고 덜 오래된 무덤 사이의 감회에 머문다. 그것은 외경(畏敬)과 그리움으로 구별되지만 한 가닥 의문에 사로잡히게 만든다. 큰 무덤과 작은 무덤, 공공의 무덤과 사적인 무덤, 화려한 무덤과 조촐한 무덤, 드러난 무덤과 숨은 무덤, 기억되는 무덤과 잊혀질 무덤…… 그것의 공통과 차이는 무엇일까.

그러한 뜻에서 몇 해 전 고향행은 각별한 경험이었다. 선영을 찾기 전에 우연히 대릉원(大陵苑)에 먼저 들르게 되었던 것이다. 그곳은 왕들의 무덤이 모여 있는 곳이다. 죽은 왕들의 뜰이다. 스무 기가 넘는 무덤들 중에는 주인이 밝혀진 무덤도 있고 그렇지 못한 무덤들도 있다. 그중에 열린 왕릉이 있다. 무덤의 내부를 볼 수 있도록 꾸민 천마총이 그것이다. 이곳은 천 년의 비밀을 찾아 직접 무덤 속으로 들어갈 수 있는 곳이다. 나는 왕릉의 열린 문을 통해 단절된 긴 세월의 어둠 속으로 들어갔다.

이미 알고 있었지만 무덤 속은 어둡지 않았다. 밝은 조명 아래 무덤은 그 속을 드러내 보이고 있었다. 금관과 환두대도 등을 비롯한 많은 유물들이 진열되어 있고, 육신은 사라졌지만 어떤 왕인지 밝혀지지 않은 무덤의 주인이 누웠던 자리도 재현되어 있었다. 그리고 왕이 누운 자리의 벽에 천마도(天馬圖)가 붙어 있었다. 자작나무 껍질에 그려진, 하늘을 나는 말의 그림이다.

그 그림 앞에서 나는 상념에 사로잡혔다. 죽은 왕은 저 천마를 타고 어디로 갔을까. 그곳이 하늘이라면, 그는 죽기 전에 그곳으로 가기를 소망했을까. 그렇다면 천 년 전의 그 하늘은 지금의 하늘과 어떻게 달랐을까…… 의문은 꼬리를 물었으나 나는 갑자기 혼란스러워졌다. 내가 왜 이곳에 들어와 있는지 알 수 없었다. 그러자 별안간 무덤 속이 캄캄해지고 말았다. 내 눈앞에서 하늘을 나는 천마도도 사라져 버렸다. 나는 달아나듯 어둠 속을 벗어났다.

무덤 밖에는 밝은 가을 햇살이 빛났다. 나는 문득 타임머신에서 내린 느낌이었다. 고개를 젖히고 하늘을 올려다보았다. 머리 위에 청동빛 하늘이 펼쳐져 있었다. 신라의 하늘도 저 빛깔이었을까. 과연 왕은 저 신비로운 빛 속으로 천마를 타고 사라졌을까. 문득 죽음을 슬퍼한 천 년 전의 노래 〈제망매가〉가 떠올랐다.

삶과 죽음의 길은/ 여기 있으려나 머뭇거리고/ 가거든 간다는 말/ 이르지 못하고 가버리는가/ 어느 가을날 이른 바람에/ 이리저리 떨어질 나뭇잎처럼/ 한 가지에서 떠나/ 가는 곳 모르니/ 아아, 서방 정토에서 만나려니/ 내 도 닦아 기다리리.

선영은 언제나 마찬가지였다. 조상과 혈육들의 무덤이 맑디맑은 일광 속에 생시처럼 옹기종기 모여 있었다. 그 모습을 눈앞에 대할 때면 매양 그렇지만 그 무덤들이 어찌 한줌 뼈만 간직한 흙무더기로 보이랴. 그것은 결코 사멸(死滅)의 집이 아니다. 문득 억새에 이는 스산한 바람은 귀에 익은 생전의 목소리, 빨간 까치밥 열매 위에 떨어져 반짝이는 한줌 햇살은 지워지지 않은 그들의 눈빛으로 생생하게 되살아난다. 아직도 절실한 그 기억들을 되살리는 사이에 그것은 알지 못할 회한의 칼날이 되어 가슴 한쪽을 저며 놓는다. 아, 지금은 비록 이승과 저승으로 갈라져 있으나 나도 언젠가는 이 산자락 어디에 묻혀야 하리.

유택(幽宅)은 저마다 사연과 추억이 다르다. 그래서 추모와 회억도 다를 수밖에 없다. 나는 어느 산소 앞에서 잠시 지난날을 떠올렸다. 사연에 따라 유별한 무덤도 있는 법이다. 나는 이 무덤을 소설화한 적이 있었다. 졸작 「먼산」이 그것이다.

'나'는 이장(移葬) 때문에 오랜만에 고향을 찾는다. '나'에게는 자신을 살갑게 돌보아준 서증조모 한 분이 계셨다. 일찍 청상과부가 되어 살림 많은 증조부에게 후살이 온 '아랫방할매'다. 주인공이 어려 젖을 뗐을 때부터 거두고, 도시의 상급학교에 진학했을 때는 방을 얻어 뒷바라지를 한다. 그러나 '나'가 대학생이 되자 떨어져 있을 수밖에 없었다. 그러다가 방학이 되어 내려온 날 밤에 할매는 홀로 숨을 거둔다. 바로 그 할매의 무덤을 이장하게 된 것이다. 할매는 후살이 온 신분의 흠 때문에 죽어서도 선산에 묻히지 못했다. 주인공은 이번에는 고집을 세워 아랫방할매를 선산의 한 곳에 이장하기로 한다. 새로 잡은 무덤에 할매의 유골을 모시며 '나'는 며칠 전부터 시작된 영문 모를 어금니의 치통을 떠올린다. 그 이유를 이제야 알 것 같다. '나'는 그 고통의 뿌리를 뽑아내어 몰래 할매의 유골과 함께 묻는다. 이제 자신이 이곳으로 돌아오지 못한다 하더라도 그 먼산 속에서 영원히 아랫방할매와 함께하는 것이다.

산소마다의 묘제가 끝나자 문득 내 눈앞에 대릉원의 모습이 떠올랐다. 그것은 나를 다시 상념에 잠기게 만들었다. 저 역사 속 죽음과 이 추억 속 죽음은 무엇이 다를까. 저 화려한 죽음과 이 조촐한 죽음은 무엇이 다를까. 저 드러난 죽음과 이 숨은 죽음 사이에 무슨 차이가 있을까.

저 기억되는 죽음과 이 잊혀질 죽음 사이에 무슨 차이가 있을까. 과연 죽음에도 구별이 있는 것일까……

나는 불현듯, 이 산자락 어디에 지어질 내 무덤을 눈앞에 그려 보았다. 그러나 얼른 그 모습이 잡히지 않았다. 한때는 나도 죽어서 이곳에 돌아오리란 걸 의심하지 않았다. 그러나 이제는 어려울 것 같았다. 결코 돌아오지 못하리라. 절로 천 년 전의 노래인 양 탄식의 노래가 흘러나왔다.

먼 산 어느 자락에
그 마을 있네
봄이면 참꽃 지천으로 피고
가을이면 망개열매 붉게 여무는
먼저 간 가족들이 모여 사는 곳

살아생전
손자이고 아들이고 동기였던 내게
그들이 준 건 사랑이었으나
내가 줄 건 매양 그리움뿐이네

인연은
푸른 은장도로도 자르지 못해
언젠가 그곳으로 돌아갈 것 의심치 않았네
하지만 돌아갈 길 아득히 멀어
나 죽어서도 그들 곁에 갈 수 없음을

이제사 알겠네
먼산은 더욱 먼 산이 되고 말았네

— 먼산

영천의 두메산골, 그리고 대구 강구

정성환

[소설가 · 영천]

영천의 두메산골, 그리고 대구 강구

정성환

　나의 출생지는 경북 영천 화산면의 산골 동내인 당지동이다. 이 마을은 영천시내에서 약 30리나 떨어져 있고, 화산면 소재지에서 15리가 되는 두메산골이다. 나는 그 산골마을에서 중학교 졸업까지 9년 동안 왕복 30리를 걸어 다녔다. 그래서인지 나이든 지금도 걷는 데는 자신이 있다. 고등학교는 대구에서 다녔고, 군에 갔다 제대 후에는 뒤늦게 대학 진학을 한 후로는 고향을 떠나 살고 있다. 내가 중학교 1학년 때 어머니가 돌아가시고 새어머니가 오셨는데 지금 고향집은 새어머니께서 홀로 지키고 계시다. 아버님은 오래전에 돌아가셨다. 아버님이 돌아가셨을 때 서울에서 유만상, 이채형, 김봉환, 정동수, 박양호 등의 문우들이 문상을 와주었었다. 그들은 내가 태어나 자란 고향이 첩첩산골인 것을 보고 크게 놀라는 눈치였다. 또한 이 산골에서 어떻게 서울에 있는 고려대학에 갈 수 있었느냐고 말했다. 당연한 의문이었을 것이다. 내가 서울에 있는 고려대학에 갈 수 있었던 것은 전적으로 형님 덕분이다. 5·16을 일으킨 박정희 정권은 식량문제를 해결하기 위해서 우선 덴마크를 모델로 중농정책을 시작했다. 크룬트비히와 달가스가 '밖에서 잃은 것을 안에서 찾자'고 하면서 농업생산을 일으킨 것을 표본으로 삼은 것이었다. 그런 분위기에 영향받아 나는 대구농림학교에 진학했으나 1학년 첫 학기부터 실망을 하고 말았다. 농장 실습하는 것이 싫었고 별로 새로운 농법도 없었다. 농고 3년을 소득 없이 허송하고 말았다. 농고 졸업 후 1년여를 집에서 빈둥거리다가 육군에 입대했다. 내가 의무병으로 사단 의무중대에서 복무하고 있는 재대 말년 때였다. 형님이 대학 진학을 권했다. 형님은 사범학교가 교육대학으로 바뀌기 전 마지막 사범학교를 졸업하고 서울에서 교사로 근무하고 있었다. 형이 안동사범을 졸업할 때 성적이 우수한 10명이 서울로 발령이 났는데 형이 그 10명에 포함되었던 것이다. 내가 고참병이 되었을 때, 아버지와 형님은 제대 후의 내 진로문제를 논의하여 서울에서 대학을 다니게 하기로 한 것이다. 나는 1970년 4월에 제대하여 고향에서 며칠을 쉬고는 바로 상경하여 형님 집에서 대입학원에 다니며 죽어라고 공부하여 대입예비고사에 합격하고, 고려대학교에 합격했다. 내가 경상도의 두메산골 출신으로 고대에 다닐 수 있었던 것은 전적으로 형님 덕분이다. 또한 4년간 공부방을 마련해주었고 용돈도 대어주었다. 그런 덕분에 나는 2학년 1학기부터 장학생이 되어 아버님과 새어머님, 그리고 형님과 형수님께 보답을 했다. 나의 영향을 받았음인지 내 큰조카도 고대에 들어갔고, 내 질녀의 아들 또한 고대에 진학했는데, 이 녀석은 수능성적이 좋아 고대를 4년 장학생으로 입학했다. 우리 집안에는 고대 가족이 세 명이나 되는 셈인데 그 근원은 형이 안동사범을 좋은 성적으로 졸업하여 서울로 발령을 받았기 때문이다. 그래서 내가 고대를 갈 수 있었기에 나는 형님과 형수님께 큰 고마움을 느낀다. 그 형님은 지금은 돌아가셨는데, 형님이 돌아가셨을 때 우리 소우회 동인들이 서울대학교병원으로 문상을 와주어서 참으로 고마웠다.

내가 대학을 다녔던 1970년대 초는 유신독재가 심하던 시기였다. 대학가에서는 연일 데모가 일어났었다. 1971년 10월 15일. 12시 50분경, 수십 대의 무장군인이 장갑차를 앞세우고 우리 고려대학교에 진주하여 약 2000여 명의 학생들을 잡아, 도망치지 못하게 허리띠를 풀게하고 무릎을 꿇리고 수경사로 연행해갔다. 나도 교양학부 학생회관에서 군인들에게 잡혀 책가방을 빼앗기고 무릎을 꿇어야 했다. 하지만 나는 군대를 갔다가 와서 대학을 들어간 학생이었다. 군인들이 '깨쓰' 하면서 일제히 방독면을 쓰는 순간에 나는 잽싸게 도망쳤기에 수경사에 끌려가지 않았다. 내 대학 4년은 데모와 휴교를 반복하는 악순환이었다. 이런 경험들이 내 등단작 「알바트로스의 비상」에 녹아있다.

　— 그날 형은 오랜만에 밖에 나와 비룡산으로 올라갔다가 저녁 늦게야 내려왔다. 그리고 다음날부터 시작한 것이 행글라이더를 만드는 일이었다. —
　— 내가 막 절벽 위에 도착했을 때, 나는 보았다. 달빛을 받으며 알바트로스가 두 날개가 뒤로 꺾인 채 절벽 아래로 떨어지고 있는 것을. —「알바트로스의 비상」

　서울의 명문대에 합격하여 주위 사람들로부터 비룡산의 정기를 타고났다고 기대를 모았던 주인공 형섭은 데모를 하다 감옥에 가게 되고, 고문으로 신체와 정신이 망가지고 끝내는 고향 마을의 비룡산 절벽 아래로 떨어져 죽는다. 비룡산은 용이 승천했다는 전설이 있는 산이다. 실제로는 우리 마을 앞에는 지도에도 나오는 노고산이라는 제법 큰 산이 있다. 소년기에 나는 그 노고산에 올라가 놀기도 하고 소를 먹이기도 했다. 이 소설을 쓰는 동안 내 머릿속에는 노고산의 모습이 자세하게 떠올랐다.

나는 대학 2학년 1학기부터 장학금을 타기 시작했다. 장학금을 신청하려면 아버지의 소득관계 서류가 필요했다. 당시 영천의 관할 세무서는 경주에 있었다. 나는 경주세무서에 장학금 신청에 필요한 서류를 발급받기 위해 난생 처음으로 경주를 갔다. 경주세무서의 건물이 특이하게도 사찰 비슷한 기와집으로 지어진 것이 기억난다. 이때의 경험을 「강구 가는 길」에 이용했다.

— 우리는 저녁에 경주의 중심가인 대능원 근처의 그럴듯한 레스토랑으로 갔다. 장학금 타는 기념으로 학생 신분으로는 좀 비싼 메뉴인 비프 스테이크에 포도주를 주문했다. 우리는 포도주 잔을 부딪치며 우리의 찬란한 미래에 대하여 많은 이야기를 나누었다. 그밤, 우리는 처음으로 아사달과 아사녀의 의식을 치렀다. 비극적 결말을 맞이하는 전설과는 달리, 우리에게는 행복한 미래가 펼쳐지리라 믿어 의심치 않았다. —「강구 가는 길」

이렇게 명문대에서 장학생이 되고 총학생회에도 관여하고 데모를 하던 주인공 장성현은 대학에서 재적되고 결국 감옥에 가게 되고 출옥 후에는 당연히 삶이 어렵게 된다. 대구의 수성못에 있는 호반 레스토랑에서 만난 성현의 애인 영애는 성현에게 같이 일본으로 가자고 한다. 그녀의 삼촌이 일본에 있는데 삼촌의 주선으로 일본으로 유학을 가게 되었다면서, 성현이 데모 경력 때문에 한국에서 살기가 어려울 것이니 같이 일본에 가서 살아갈 길을 모색하자는 것이다. 하지만 성현은 단호히 거절하고 자리에서 일어난다.

— 우리는 택시를 타고 동대구역으로 갔다. 택시 안에서 영애가 내 손을 잡았다. 나는 내 단호함을 보여주기 위해서 손을 빼려다가 그만 두었다. 우리가 손을 잡는 것도 이것이 마지막이라는 것을 나는 알고 있었기 때문이다. 우리가 2월의 그날, 눈이 쌓인 보경사 계곡에서 처음으로 손을 잡으며 가슴이 설레던 생각이 떠올랐다. 이것이 마지막으로 잡는 영애의 손이리라. 영애는 동대구역에 도착할 때까지 내 손을 놓지 않았다. 택시에서 내리자마자 나는 뛰어가서 바로 출발하는 기차표를 사고는 뒤도 돌아보지 않고 개찰구를 빠져나갔다. 나는 어두운 곳에 몸을 숨기고 영애가 있는 쪽을 바라보았다. 영애는 망연한 표정으로 이쪽을 보고 있었다. 나는 천천히 계단을 내려가 플랫폼에 섰다. 플랫폼의 가로등 주위로 2월의 눈이 내리는 것이 보였다. 우리는 2월에 만나 2월에 헤어지는 것인가. 눈앞이 흐려졌다. 내리는 눈이 잘 보이지 않았다. 가로등불이 어른거렸다. —「강구 가는 길」

「귀뚜라미 소리」에서 주인공 서영석은 영천에서 태어나 일찍 어머니를 여의고 외롭게 자라 천문학과에 진학하여 대학신문에 시가 당선되는 계기로 일찍 시인이 되고, 같은 학교의 여학생 혜진과 연인이 되며, 혜진에게 몽블랑 만년필을 선물받기도 했으나, 데모선언문을 작성한 것 때문에 대학에서 제적당해 졸업도 못하게 된다. 그리고 혜진과도 결별하게 되고 몇몇 직장을 전전하다가 광고회사의 카피라이터로 생활을 영위하는데 그마저도 상관과의 갈등으로 사표를 던지고 자기 자신의 카피, 즉 시를 쓰는 장면이 나온다.

― 어느 해 가을 밤. 소년과 소년의 어머니는, 친구의 죽음으로 영천 읍내에 문상을 간 소년의 아버지를 기다리고 있었다. 소년은 마루에서 어머니의 무릎을 베고 누워 반짝이는 별을 쳐다보며 아버지를 기다리고 있었다. 그때 마루 밑에서 찌르르 찌르르 하고 귀뚜라미가 울고 있었다. 오늘의 귀뚜라미 울음은 소년에게 왠지 슬픈 기분을 주었다. ―「귀뚜라미 소리」

― 영석은 밤하늘을 향한 망원경에 천천히 얼굴을 가져갔다. 그렇게 한참 동안 망원경을 통해 밤하늘을 올려다보았다. 거기에는 장엄하고 아름다운 음향이 울려왔다. 그것은 빛나는 별에서 수많은 귀뚜라미가 노래하는 소리였다. 그는 감동에 젖어 몸을 떨었다. 영석은 방에 들어가 책상서랍을 열고 만년필을, 몽블랑 만년필을, 대학신문에 시가 당선된 기념으로 혜진이 선물한 그 몽블랑 만년필과 노트를 들고 거실로 나갔다. 영석은 마침내, 자기 자신의 카피를 써나갔다.

별, 귀뚜라미, 어머니, 엄마…… ―「귀뚜라미 소리」

내가 소설가가 된 것은 보리회의 몇 분의 도움이 컸다. 나를 보리회로 인도하여 글쓰기를 권한 노명석, 소설을 한 번도 써본 적이 없는 내게 소설의 기본을 알려준 이채형, 글은 쓰지 않고 모임에만 나오는 내게 소설을 쓰지 않으려면 더 이상 나오지 말라고 독한 말을 해서 내게 오기를 심어준 유만상, 내가 등단하는데 도움을 주신 김원일 선생님, 이런 훌륭한 보리회 회원 덕분에 나는 소설가가 될 수 있었으며, 2019년에 낸 첫 소설집 『강구 가는 길』로 제 10회 한국소설작가상, 제1회 강북문학상,

제29회 경기도문학 본상을 받을 수 있었고, 『강구 가는 길』이 2020년 세종도서로 선정되기도 했다. 나는 문학적 재능은 없지만 주위로부터 많은 조력을 받는 행운을 누린 것이다.

삶의 갈림길에서

정영희

[소설가 · 대구]

삶의 갈림길에서

정영희

─ 생각보다 썰렁한 뮌헨공항에 도착했다. 여기 이곳 뮌헨에 오는데 34년 걸렸다.

S(Schnell Bahn : 고속철도) 글자를 따라 고속철도를 탔다. 의외로 영어가 하나도 없네. 멘트도 영어로 안 한다. 다른 나라 사람들은 알아서 들어라 이거네. S를 타고 중앙역에 도착하니 왜 이리 복잡하고 구멍도 여러 곳에 숨었는지.

─ 또 물었다. 이 호텔에 가려한다. 어디로 나갈까?(독어로) 올라가서 왼쪽으로 돌아서 백 미터란다. 이 정도는 들리네. 휴 다행. 에덴호텔볼프. 이름이 뭐 순서가 저래? 그냥 깨끗하고 교통 좋아서 잡았다.

─ 체크인하고 들어온 시간이 한국시간 새벽 한 시 반 정도. 목이 안 돌아가고 어깨가 무진장 아프네. 소금 덩어리인 기내식을 먹었더니 야밤에 갈증이 못 견딜 정도.

─ 욕조에 오랜 시간 앉아서 여기 내가 왜 온 거지? 크리스 노먼이 있어서? 오직 그것만은 아니다.

내 친구 Y가 뮌헨에서 보내온 문자메시지다. 그녀가 뮌헨에 도착해 겨우 호텔을 찾아 하룻밤 잔 다음날, 나는 청계산 산행을 했다. 그녀의 문자메시지가 온 건 산행 후 추어탕을 먹고 집으로 오는 중이었다. 그때 서울은 겨울을 재촉하는 비가 연일 두고 내리고 있었다.

Y는 여고 동창이면서 대학도 같은 대학을 다녔다. 그녀는 공부를 잘했다. 성향은 간데없는 문과 체질인데 공과대학을 갔다. 사춘기 때 '전혜린 평전'을 읽고 남다른 삶을 살고 싶은 그녀는 공과대학을 지원했던 것이다. 아버지가 교육감이었는데 고도(孤島)에 부임했을 때 연탄가스 중독으로 14년을 집에 누워 계시다가 돌아가셨다.

그녀는 장학생으로 대학을 졸업하고 대학원까지 마친 후, 뮌헨공대에 입학허가까지 받아 놓은 상태였다. 그 즈음 서독 간호사로 갔다 온 지인이 독일은 여자가 가면 '폐인'이 된다고 하는 바람에 어머니가 팔을 걷고 나서서 시집이나 가라고 종용했다. 그녀는 집안 분위기상 그만 선을 봐서 결혼을 했다. 삶의 갈림길에서 그녀는 자신의 자아를 외면했던 것이다.

성격 고약한 공무원 신랑 만나 아들 둘 낳고 그럭저럭 잘사는 듯했다. 그런데 어느 날 남편이 간암에 걸렸다. 큰아들은 중학교 이 학년, 작은아들은 초등학교 3학년. 그때부터 그녀는 거의 십 년 간 남편의 간암과의 전쟁을 치렀다. 그녀 덕에 남편은 십 년 가까이 이 세상에 더 머물다 떠났다. 그 와중에도 그녀는 독어를 접고, 영어를 놓지 않고 붙잡고 공부를 했다.

팝송을 좋아하는 그녀는 지금은 여성회관에서 팝송 영어 강의를 하고 있다. 그러나 그녀의 꿈은 34년 전 뮌헨의 공과대학 앞에서 멈추어 있었다. 언제나 그때 외면했던 자신의 자아와의 화해를 꿈꾸었다. 그 꿈을 실행에 옮기는데 34년이 걸린 것이다. 그녀가 크리스 노먼의 공연을 보러간다는 건 구실에 불과했다고 나는 생각한다.

— 34년 전 네가 외면했던 네 자아와 대면하러 간 거지. 34년 동안 외롭게 버려 놓았던 네 자아를 따뜻하게 안아 주고, 회포를 풀고, 이제 그

만 놓아 주어라. 뮌헨을 다녀오면 네 얼굴이 더욱 평화로워질 것 같구나…… 이 글을 쓰는데 내가 눈물이 나네. 서울은 가을비가 연일 내린다. 깊은 가을이다.

등산복을 입은 채 아파트 주차장에 차를 세우고 Y에게 문자메시지를 보내는데, 눈물이 터졌다. 차 안에서 한참을 울었다. Y의 삶을 잘 알고 있어서이기도 했지만, 어쩐지 내가 외면했던 내 자아는 어디를 떠돌고 있을까 하는 생각에서 울컥했던 것 같다. 난 어느 시점에서 내 자아를 외면하고 이렇게 먼 길을 걸어온 걸까?

바람 소리가 요란하다. 이런 날은 언제나 내 열아홉 살 겨울이 떠오른다. 초등학교와 중학교 때 공부를 잘했다. 어머니는 여자가 가질 수 있는 최고의 직업은 '약사'라고 생각하는 분이었다. 어머니는 공부를 잘하는 내가 약사가 되길 원했다. 그러나 중3 때 자율학습 시간이면 몰래 빠져나와 도서관에서 책을 보았다. 내가 다닌 중학교는 어느 국회의원이 만든 재단의 학교였는데, 내가 입학할 때는 담도 없었다. 그러나 도서관은 있었다. 중3 때 교실 바로 뒤가 도서관이었던 것이다. 복도를 포함한 교실 하나가 도서관이었으니, 도서관치고는 아주 작았다. 그러나 중3인 내가 볼 책은 차고도 넘쳤다. 도스토옙스키, 헤르만 헷세, 톨스토이, 헤밍웨이, 쇼펜하우어, 토마스 만, 앙드레 지드, 스탕달…… 지금 생각하면 이해할 수도 없는 책들을 무자비하게 읽어 댔다.

어릴 때부터 그림과 글짓기에 탁월한 소질이 있다는 소리를 들었고, 상도 많이 받았다. 어릴 때는 막연하게 화가가 되거나 작가가 되는 거였다. 중3을 지나 고등학교 때도 내내 문학 책들만 끼고 혼자 몽상에 잠기고는 했다. 세상의 부조리에 눈 뜬 내 자아는 매일매일 외로움과 유한한 생명인 인간의 운명에 대해, 타협할 수 없는 삶의 죄악과 거짓과 위선에 대해, 어딘가에 토해내야 했다. 그 수단으로 나는 매일 글을 썼고, 글을 쓰고 있을 때만이 살아 있는 듯했고 행복했다.

고3이 되었을 때 어머님이 학교에 호출되었다. 저대로 두면 대학을 못 간다는 거였다. 어머니 손에 이끌려 미술학원엘 등록했고, 결론적으로 지방의 사범대학 미대에 입학했다. 그 겨울 난 그 지방대를 가기 싫었다. 나도 재수를 해서 오빠가 유학 간 서울에서 대학을 다니고 싶었다. 그러나 난 말 한마디 할 수 없었다. 아버지에게 감히 말대꾸 한번 할 수 없는 절대적인 '파쇼체제'의 집안 분위기. 아버지 말은 곧 법이었다. 집안은 아버지의 기분 여하에 따라 일희일비했다. 내가 일차 지원을 하지 않자, 아버지는 외삼촌에게 내가 다닌 대학에 원서를 내게 했다. 시험을 쳤고, 합격이 되었다.

아직도 아버지는 열아홉 살 때 내가 진정으로 원했던 게 무엇이었는지 모른다. 한 번도 물어본 적 없고, 나 또한 한 번도 말한 적 없다. 그저 그 겨울 메마른 칼바람이 부는 동성로 거리를 이 끝에서 저 끝까지 쏘다녔다. 나는 그 칼바람 부는 동성로 거리에 내 자아를 버려두었다. 그때부터 내 인생의 단추는 잘못 채워진 것 같았고, 그때부터 나는 삶과의 불화가 시작되었다.

가끔 열아홉 살의 내가 그 메마른 칼바람이 부는 동성로 거리를 걸어가고 있는 환영을 본다. 히틀러보다 더 무서웠던 아버지에게 그래도 목숨 걸고 한마디 말해볼걸…… 왜 지래 짐작으로 아버지는 절대 재수를 시켜주지 않을 것이고, 서울로 유학 보내주지 않을 것이라고 생각했을까…… 어쩌면 이렇게 열아홉 살의 내 뒷모습을 회한 어린 눈길로 바라보며 이 글을 쓰라는 운명이었는지 알 수 없다.

대학에 들어가서는 도서관에 박혀 글만 썼다. 수업도 잘 들어가지 않았다. 대학 일 학년 내내 도서관에서 쓴 단편이 '아내에게 들킨 生'이었다. 지금 생각해도 제목부터 웃긴다. 스무 살도 안된 나이에 '아내에게 들킨 生'이라니. 그 작품은 전국대학생 문예작품모집에서 소설 부문 당선작이 되었다. 문학이라는 올무에 한발이 걸린 것이다.

누구나 '지천명'이 지난 어느 바람 자심한 날, 홀로 앉아 차를 마실 때면 운명의 갈림길에서 자신의 자아를 버렸거나 외면했던 일을 떠올릴 것이다. 운명의 갈림길 따위는 내 인생에 없었다고 하는 축복받은 이는 이 글을 읽을 필요가 없다.

아무튼, 내 친구 Y는 34년 전에 외면했던 자신의 자아를 만나고 돌아왔다. 그녀가 부럽다. 뮌헨에서 돌아온 그녀의 큰 눈은 더욱 맑아 있었다. 그녀 덕에 나 또한 바람 자심한 날, 어설프게나마 열아홉 살 칼바람부는 대구 동성로 거리에 버려두고 떠나왔던 내 자아와 악수한다.

잘 가라 내 열아홉 살의 자아야, 이제 너를 떠나보내고 비로소 어른이 되려 한다. 고마웠다. 그동안 너와의 불화를 화두 삼아 내 내면은 키가 훌쩍 큰 것 같구나.

능바우 회상

홍상화

[소설가 · 안동]

능바우 회상

홍상화

경비행기는 열두 채의 움막이 원형을 이룬 마사이족 부락 위를 날고 있었다. 마사이족 주민들이 원형 중앙으로 뛰어나와 우리를 향해 손을 흔들고 있었다.

"저들이 몹시 행복해 보이지 않나요?"

내가 아래를 내려다보며 말했다.

"행복할 수밖에 없어요. 그들은 소만 몇 마리 키우면 모든 게 다 해결되니까요. 우리처럼 욕심을 부릴 필요가 없지요."

내가 의아해하는 표정을 지어 보이자 조종사가 말을 이어갔다.

"죽은 소의 뿔은 그들의 식기가 됩니다. 살아 있는 소의 피부에 화살총을 살짝 쏜 다음에 갓 뽑아낸 피와 우유를 쇠뿔에 담아가지고 다니면서 식사를 하지요. 그리고 쇠똥으로만 집을 짓고요. 그래야만 냄새 때문에 맹수가 접근하지 못하고, 해충이 서식하지 못하지요. 초지가 고갈되면 소떼를 몰고 다시 새로운 초지를 찾아 옮기는 겁니다."

"정말 그러네요. 마사이족이 사는 집에 들어가 한번 구경해보고 싶군요."

"저기 활주로가 보이네요."

대평원 한 곳을 가리키며 조종사가 말했다. 활주로라 해봐야 나무나 초목을 베어내어 겨우 흙바닥을 드러낸 2백 미터 길이의 일직선 도로에 지나지 않았다.

기체가 고도를 계속 낮추자 활주로가 눈앞에 다가왔다. 곧이어 덜커 덕 덜커덕거리다가 기체가 활주로에 내려앉으며 흙바닥 위를 달렸다. 잠시 후 기체가 정지했다.

경비행기에서 내려서는 우리를 작열하는 아프리카의 아침 햇살이 맞이했다. 잠시 서서 고개를 드니 햇살이 폭포처럼 얼굴로 쏟아져 내렸다. 나는 기분이 좋았다. 아프리카의 오염되지 않은 햇살이 온몸으로 퍼져 나가 몸속의 피를 깨끗하게 정화하고, 육신의 마디마디에 서식하고 있는 병균을 퇴치해주는 것 같았다.

문득 아프리카에 온 이후로 한 번도 거울을 들여다보지 않았다는 사실이 떠올랐다. 거울에 비친 나 자신이 싫어 무의식적으로 거울을 피했는지, 나 자신이 하는 일에 빠져들어 외모에 신경쓸 여유가 없었는지 구분하기가 어려웠다. 아마 아프리카에 온 직후에는 자신이 싫어서였을 것이고, 그다음에는 자신이 하는 일에 심취되었기 때문일 것이라고 짐짓 결론을 내렸다.

나는 조종사 뒤를 따라 그리 멀지 않은 곳에 있는 마사이족 부락으로 향했다.

"쇠똥으로 만든 집에 살면 냄새가 많이 날 텐데 몸은 자주 씻는 편인가요?"

쇠똥 집이 과연 괜찮을까 하는 의구심 속에 내가 물었다.

"그들은 해가 지면서 부는 대륙의 서늘한 바람으로 매일 샤워를 합니다. 물로 몸을 씻으면 피부가 약해져서 해충의 공격에 취약해지거든요. 아프리카의 바람으로 샤워를 해보신 적 있으신가요?"

내가 고개를 저었다.

"해가 진 다음 대평원에 서서 아프리카의 바람을 온몸으로 받아보십시오. 몸이 깨끗해질 뿐만 아니라 하루 종일 머릿속에 쌓여 있던 근심 걱정이 말끔히 씻겨나가지요."

"마사이족 사이에 기독교가 광범위하게 포교되지는 않았나요?"

"제아무리 신앙이 독실하다 할지라도 쇠똥 속에 갇혀 살면서 소의 피와 시큼한 발효 우유를 먹으면서 버텨낼 선교사는 그리 많지 않았지요. 그래서 마사이족들은 문명의 침탈을 면할 수 있었던 겁니다. 그들은 수천 년 전, 아니 수만 년 전 그들의 조상이 살던 방식 그대로 여전히 자연과 더불어 살아오고 있죠."

"현재 마사이족의 수는 얼마나 되나요?"

"약 15만 명 정도인데 케냐 남쪽과 탄자니아 북쪽 지방에 흩어져 살고 있습니다."

마사이족 부락 입구에 도착했다. 화려한 장신구를 몸에 걸친 것으로 보아 그곳의 추장인 듯한 사람과 조종사가 마사이 말로 대화를 시작했다. 뭔가 상대방을 설득하려고 애쓰는 두 사람의 표정으로 보아 부락의 내부를 둘러보는 것이 쉽지 않은 듯했다.

나는 원형의 담장을 이룬 나무줄기와 쇠똥으로 만든 둥근 집들의 주위를 돌아보기 시작했다. 집들 사이로 부락의 중앙에 쇠똥무더기가 짚가리처럼 쌓여 있는 곳에 서 있는 아이들과 여인들의 모습이 보였다. 그 순간 한국전쟁 중 국민학교 시절 1년 반을 보냈던, 외갓집 마을이 떠올랐다.

내가 마음의 고향으로 생각하는 그곳은 경북 상주에서 20리 북쪽에 위치한 능바우라는 곳이다. 백여 호가 모여 집성촌을 이루고 있는 곳으로, 원래 마을 이름은 능암리인데 그곳 사람들은 능바우라 불렀다. 나는 국민학교 시절 능바우를 떠난 이후 대학입학 때까지 겨울방학이면 빠짐없이 그곳을 찾아갔었다. 그리고 사회생활을 시작한 이후에도 완전히 잊고 지낸 것은 아니었다. 그러나 소설 속으로 빠져들면서, 별장에서의 고독한 생활에 길들여지면서, 점점 나만의 세계로 침잠하면서, 능바우 사람들의 과분한 관심이 부담스러워지면서부터 어느 순간 능바우는 나에게서 멀어져 있었다.

때때로 능바우에 대한 기억과 추억이 되살아날 때가 있었다. 술에 취해 울적할 때면 '향수'를 즐겨 불렀는데, 그 노래를 부르는 동안 머릿속에서는 능바우의 풍경과 능바우 사람들의 모습을 그려보곤 했다. 능바우의 분위기는 정지용의 시 「향수」가 가장 잘 대변해주고 있는 듯했다. 정지용의 고향처럼 능바우도 찢어지게 가난했다. 마을 앞을 휘돌아나간 개울에서 멱을 감았고, 봄이 오면 소년들은 양지바른 재실 뒤 조상 묘가 있는 곳에서 화살을 함부로 쏘아댔으며, 화살을 찾으러 덤불숲을 휘적댔었다. 그때의 소년들의 얼굴이 하나씩 떠올랐다.

그리고 인고의 세월이 느껴지는 마사이족 여인들의 얼굴을 바라보는 시선 속으로 능바우 여인들의 모습이 겹쳐졌다. 따가운 햇살을 등에 지고 맨발로 이삭을 줍는 능바우 여인들의 모습…… 이데올로기나 도시 여인의 품속을 찾아 떠나버려 생이별을 한 남편, 전쟁 중 먼저 세상을 등진 남편을 한편으로는 그리워하고 또 한편으로는 야속해하면서 먼산을 바라보던 모습……

나는 의용군으로 참전한 남편과 생이별을 해야만 했던 외숙모를 소재로 쓴 단편을 떠올렸다. 몇 해 전 집안 행사로 오랜만에 외숙모를 만나 "이산가족 면담 신청을 해 보시지요"라는 제의를 한 적이 있었다. 그러자 "나보고 노인동무라고 부르면 우짤 끼요. 죽었으면 할 수 없고, 살아 있으면 아들딸 낳고 잘살고 있겠지요"라고 미소 지으며 말하는 소설 속의 외숙모가 떠올랐다.

그러나 도시 여인에게 남편을 빼앗긴 능바우 어느 여인이 15년 만에 찾아와 자신의 육체를 탐하는 남편을 마치 강간범 다루듯 밀쳐버리고 한밤중에 집을 뛰쳐나온 이야기는 아직 소설화하지 못했다. 그녀는 그때 미쳐버려 뭇사람들의 놀림 속에서 한 많은 인생을 보내다가 몇 해 전 세상을 떠났다. 아마도 그녀의 한 맺힌 응어리는 남편을 밀쳐버리는 그 순간 영원히 풀어졌을 것이다.

능바우는 또한 내가 가장 존경했던 아버지의 흔적이 남아 있는 곳이기도 했다. 민청연맹 위원장을 지낸 동네 일가 청년이 수복 후 법정에 섰을 때 아버지가 그 청년의 변호를 맡았었다. 판사가 그 청년에게 김일성 노래를 불러보라고 하자, 변호를 맡은 아버지가 자리에서 벌떡 일어나 당신이 대신 부르겠다고 자청했다. 아버지는 김일성 노래의 첫 소절을 띄엄띄엄 불렀다. 그런 아버지의 모습을 눈앞에서 직접 지켜볼 수 있었기에 나 자신이 세상에서 가장 행복한 소년이라는 자긍심이 한껏 들어찼었다.

그 소년은 능바우에서 자연이 선사해주는 여유로움과 즐거움을 만끽하며 성장했다. 여름이면 냇가에서 투망을 던졌고, 홍수가 지나간 후에는 논에서 미꾸라지를 잡았으며, 겨울에는 개울가 돌을 두드려 돌 밑에 있다 놀라 튀어나오는 가재를 건져냈다. 그 시절 그때가 견딜 수 없이 그리워졌다. 비록 능바우를 떠났지만 능바우는 나의 가슴속에 늘 살아 숨쉬고 있었다.

조종사가 다가오는 바람에 나는 회상에서 깨어났다.

"집 안을 보여줄 수가 없다고 합니다."

조종사가 말했다. 나는 고개를 끄덕였다. 마사이족 촌장도 능바우의 노인들처럼 누구에게도 굽히지 않는 자부심과 자존심을 가진 사람일 것이라는 믿음이 들었다.

"괜찮습니다. 그냥 가지요."

내가 앞장서고 조종사가 뒤따라 활주로 쪽으로 걸어갔다.

경비행기에 올라탄 우리는 서쪽으로 향했다. 오늘 인터뷰하기로 한 유종수 씨를 만나기 위해서였다. 유종수 씨는 일요일마다 내륙 외진 곳에서 마사이족을 진료하고 있다고 했다. 마사이족을 위하여 온몸을 바쳐 의술을 베푸는 서른다섯 살 된 한국의 젊은이를 만날 수 있다는 생각에 가슴이 뿌듯해왔다. 30분쯤 지나 경비행기는 또다시 흙바닥으로 된 허름한 활주로에 착륙했다. 우리는 경비행기에서 내렸다.

"그럼, 다녀오세요."

조종사가 말했다.

"그동안 저기 나무 그늘에서 쉬고 계세요."

나는 그곳에서 얼마 떨어지지 않은 곳에 서 있는 가시나무를 가리켰다. 가시나무는 조금이라도 더 넓은 그늘을 만들어주기 위해서인지 윗부분이 수평으로 퍼져 있었다. 그곳에는 붉은색 천을 어깨에 걸친 채 양쪽 귀의 귓불을 한껏 늘어뜨린 마사이족 노인들이 막대기를 들고 앉아서 잔인하게 내리쬐는 햇살을 피하고 있었다. 맹수들에게 겁을 주기 위해 붉은색 천을 걸친다는 그들의 믿음체계와 귓불을 늘어뜨릴수록 아름답다는 그들의 미적 감각에 대해서는 왈가왈부할 바가 아니었다. 소떼몰이를 하는 어린 자식을 멀리서 지켜보며 따가운 햇볕을 피해 가시나무 그늘에서 한낮의 여유를 즐기는 그들은 세상의 어느 누구보다도 평화로워 보였다.

　나는 유종수 씨가 일하고 있다는 양철집을 향해 발걸음을 옮겼다. 마사이족 부락이 눈에 띄지 않는 대평원 위에 홀로 서 있는 양철집. 끝없이 펼쳐진 평원을 가로지르며 마사이족 아이들이 한가롭게 소떼를 몰아가고 있었다. 어디서부터 걸어오기 시작했는지 모를 마사이족들이 사방에서 모습을 드러내며 양철집으로 향하고 있었다.

　양철집은 문 위에 있는 엉성한 나무 십자가가 없었더라면 창고로 여겨질 만큼 허름했다. 양철집의 문을 열고 들어섰다. 양철집 안에는 한국 시골학교의 성인 교육반을 연상시키는 긴 나무의자에 한결같이 붉은색 천을 두른 채 귓불이 축 늘어진 노인들과 뚜렷한 눈망울에 장난기 어린 미소를 머금은 마사이족 아이들이 자기 차례를 기다리며 앉아 있었다.

　나는 안쪽으로 걸어 들어갔다. 작은 나무 책상을 앞에 두고 흰 가운을 입은 의사가 오른쪽 옆에 앉은 마사이족 노인의 입 안을 손전등으로 비추며 살피고 있었다. 의사가 앉아 있는 뒤쪽으로 약품 상자가 쌓여 있었다. 나는 그곳으로 가 빈 의자에 앉아 진료 과정을 지켜보았다.

사불약전(四佛略傳)

홍적

[소설가 · 봉화]

사불약전(四佛略傳)

홍적

몇 해 전 광화문에서 우연히 만난 한 선배와 술을 마셨다. 술이 오르
자 그가 불쑥 지나가는 투로 말했다.

"염불이 죽었다."

그게 다였다. 그가 정확히 언제 어디에서 죽고 장례는 어떻게 치렀는
지, 더는 알 수가 없었다. 그 역시 우연한 술자리에서 지나가는 투로 얼
핏 들은 게 다였으므로……

1960년대 말 D시에 '사불'이 있었다. 모두 해방 직후에 태어난 이십
대 초반의 아직 새파란 문학청년들이었다. 그들은 한 그룹을 이루어 매
일같이 술을 마시며 어울려 다녔다.

그중 유독 술만 취하면 혼자 중얼거리기를 좋아하는 문청이 있었다.
마치 중이 염불하는 모습과 같았다. 그래서 친구들은 그를 '염불'이라고
불렀다. 다른 한 문청은 술만 취했다 하면 상대가 경찰이든 깡패든 가리
지 않고 시비 걸기를 좋아했다. 친구들은 그런 그를 가리켜 '물불'이라
고 불렀다. 물불 가리지 않고 덤빈다는 뜻이었다. 또 다른 한 문청은 술
자리에서 돈을 내는 법이 없었다. 그래서 친구들은 그에게 늘 돈이 없다
고 해서 '무불'이라는 호칭을 붙여 주었다. 이렇게 해서 일단 삼불이 생
겨났다.

그 후 마지막 남은 한 문청에게도 기어이 '불'이라는 칭호가 붙었는데, 그건 순전히 무불로 인해서였다. 이 문청은 늘 돈에 굶주린 무불의 밥이었다. 수중의 푼돈은 말할 것도 없고, 손목시계와 만년필에다 심지어는 새로 산 청바지나 팬티마저도 무불의 손에 한 번 넘어가면 그걸로 끝이었다. 고등학교를 한 해 먼저 나온 무불은 나머지 셋보다 나이가 한 살 위였다. 그런데 무불은 물불과 염불에게는 존댓말을 쓰면서도 유독 이 문청에게만 하대를 했고, 이 문청 또한 무불이라면 깜박 죽는 시늉을 했다. 까닭인즉, 고교 시절부터 문명을 날렸던 무불을 이 문청이 이미 그때부터 흠모하여 쫓아다닌 게 화근이었다. 그래서 그는 늘 무불에게 사기를 당하면서도 항상 혼자서만 속을 삭였다.

그러던 어느 날이었다. 새로 산 손목시계를 무불에게 빌려준 한 달 뒤 시계 대신 달랑 전당포 영수증 한 장만 되돌려 받은 이 문청이, 마침내 그동안 쌓였던 울분을 토해내기 시작했다. 한동안 그 말을 묵묵히 듣고 있던 염불이 말했다.

"고마 해라. 우리도 그동안 니가 무불한테 당하는 거 다 알고 있었다 아이가. 그란데 우짜겠노? 그 돈은 벌써 무불 목구멍으로 홀짝홀짝 다 넘어가 똥 됐붓는데. 인자 와서 내 돈 내노라꼬 죽일 기가, 살릴 기가? 속에 천불이 나도 고마 이게 내 운명이다, 하고 삭핫 뿌라."

그때 앞에 앉았던 물불이 이 말을 듣고 말했다.

"니, 지금도 무불 생각하모 속에서 천불 나제? 됐다, 그라모 니도 인자부터 고마 천불 햇부라."

그날부터 그는 '천불'로 불리게 되었다. 그리고 이렇게 해서 1960년대 말 이른바 D시의 사불이 완성되었다.

그로부터 1970년대가 다 갈 때까지 사불은 그야말로 D시의 명물이 되었다. 그들이 가는 곳마다 시인, 작가들이 다투어 몰려들었고, 넷은 끊임없는 화제를 만들어 내었다. 그 중심에 무불이 있었다. 이미 고교 시절부터 전국에 문명을 날렸던 그는 일찍이 《H문학》을 통하여 등단을 했고, 당시 모던했던 그 시 또한 절창(絶唱)이었다. 그 덕에 그는 한 주간 지의 D시 주재 기자로 취직이 되어, 숱한 염문을 뿌리고 다녔다. 명색이 잘 나가는 시인에다 기자라는 신분을 십분 활용한 바 웬만한 문학소녀 들은 그 앞에 모두 무장해제를 당했다. 심지어는 당시 거국적인 이벤트 였던 미스 코리아 K도를 취재하다가, 취재 당하는 미스 K도나 무불 둘 다 며칠간 행방불명이 된 적이 있었다. 그 와중에 천불이 말했다.

"신경 껏부라. 그 아가씨 벌써 무불 형 밥된 지 오래됐다. 그 형 가 앞 에서 술 한 잔 묵고 지 불우했던 환경 이야기하고 눈물 한 방울 흘릿 부 면, 지가 미스 K도가 아이라 미스 코리아라 캐도 몸이고 돈이고 벌써 그 형한테 홀라당 넘어갔을 끼다. 아, 진짜 술도 얼얼한 데다 그 형 분위 기 탁 잡고 그 카는 데는, 주는 사람 정신도 하나도 없다 카이!"

사불의 서울 시대가 시작된 건 1980년도를 전후해서다. 제일 먼저 서 울 생활을 시작한 사람은 물불이었다. 물불 가리지 않는 성격답게 ROTC를 지원하여 장교로 제대를 한 그는, 마침내 D시의 한 지방신문 신춘문예에 소설이 당선되었다. 그해 그는 서울로 올라가 여성지 《J생 활》의 기자가 되었고, 몇 달마다 한 번씩 D시로 내려와 친구들의 부러 움을 샀다.

물불의 그 모습을 동경하던 천불도 어느 날 갑자기 상경을 도모했다. 그러나 그는 초장부터 엄청난 난관에 부닥쳤다. 서울역에 막 도착한 천 불 앞에 D시에서는 이미 한 달 전에 행방불명이 된 무불이 턱 나타난 것이었다. 그것도 옆에는 배추 뿌리같이 생긴 웬 아가씨까지 동반하고…… 그가 천불에게 말했다.

"세상에서 가장 사랑하는 나의 천불, 너의 상경을 축하한다. 일단 가자. 내 오늘 니 상경 기념으로 한 잔 사께!"

그 후의 사정은 이야기 하나 마나다. 그는 어쩔 수 없는 무불의 운명의 밥이었다. 다음날 아침 충무로의 한 여관방에서 깨어난 그가 정신을 차렸을 때, 그의 가방 속에 있던 몇 달치의 서울 생활비는 이미 무불의 주머니 속으로 고스란히 자리바꿈을 한 뒤였다.

무불은 당시 서슬 푸르던 국보위의 언론 통폐합 과정에서 해당 주간지가 폐간되는 바람에 직장을 잃었다. 졸지에 백수가 된 그는 한동안 전전긍긍하다가 어느 날 갑자기 행방불명이 되어 버렸다. 한데 어떻게 천불의 상경 소식을 알고 그 앞에 턱 나타나, 막걸리 한 잔 산 뒤 돈만 갖고 다시 여자와 튀어 버린 것이었다.

무불로 인해 상경 초장부터 노숙자로 전락했던 천불은 그 후 여러 곳의 출판사를 전전하다가 마침내 전환기를 맞았다. 그것도 대출판사의 한국문학을 전담하는 편집장 자리. 문청 출신이면서도 데뷔의 난관을 뚫지 못해 마음 한구석에 늘 문단에 대한 동경을 안고 있던 그가, 현대 한국문학의 전 장르를 관장하는 몇십 권짜리 문학전집의 책임자로 발탁된 것이다.

시인 무불이 주간지의 기자가 되어 숱한 염문을 뿌린 시절이 그의 전성기였다면, 시인도 소설가도 되지 못한 천불에게는 내로라하는 국내 작가들의 작품 선정을 주관하던 그 시절이 자신의 전성기였다. 물불 역시 그의 기자 시절이 전성기였다. 지금처럼 인터넷도 포털 사이트도 없었던 시절, 그는 당시 최고의 전통과 부수를 자랑하던 그 여성지의 민완 기자로 이름을 날렸다.

그러나 1980년대가 저물자 그들의 전성기도 끝났다. 한데 일찍 핀 꽃은 일찍 시든다고 했던가, 1990년대 중반에 들어 마침내 사불 중 첫 열반자가 생겼다. 고교 때부터 이미 전국의 스타였고 한때 절창으로 이름을 날렸던 시인 무불이 눈을 감았다. 그리고 생전 그의 운명의 밥 천불은 끝내 그 장례식장에 나타나지 않았다.

그로부터 다시 십여 년. 이미 몇 년 전부터 행방이 묘연하던 염불도 끝내 열반에 들었다. 생래적인 성격 탓으로 생전에 직장은커녕 사불 중 한 번도 자신의 전성기를 가져보지 못했던 염불…… 그러나 그에게도 나름대로의 전성기가 딱 한 번 있었다.

1970년대도 다 끝나가던 어느 해, 그는 생계를 위해 D시의 중앙로 골목 한 귀퉁이에 술집을 열었다. 술집이라야 네댓 평의 협소한 공간에 탁자 두 개가 전부인 대폿집이었다. 처음 얼마 동안은 D시의 문화계 사람들로 문전성시를 이루었다. 그러나 그로부터 채 일 년도 못되어 손님이 뚝 끊겨 문을 닫고 말았는데, 결정적인 원인은 그의 코 때문이었다.

평소 축농증이 있던 그는 술만 몇 잔 들어가면 한쪽 콧구멍으로 콧물이 흘러내렸다. 그래서 그와 마주앉아 술을 마시는 사람들은 항상 그가 들고 마시는 막걸릿잔 속에, 그의 누런 콧물이 잠깐씩 잔 속에 잠수했다 다시 콧속으로 재빨리 모습을 감추는 모습을 아슬아슬하게 지켜봐야만 했다. 문제는 그가 그 잔을 자꾸 손님들에게 돌린다는 데에 있었다. 술취한 사람들은 취중에 그 잔을 그냥 받아 마시는 사람들도 적지 않았다. 그러나 처음 와서 그 모습을 지켜본 여류들은 그가 내민 술잔을 보자마자 기겁을 하고 일어나 줄행랑을 쳐 버렸다. 거기에다 더욱 가관인 것은 자신의 혐오스런 술버릇은 상관도 않고, 취중에 조금이라도 자신의 비위를 거스르는 손님이 있으면 가차 없이 술잔을 빼앗고 난 후, 술값도 받지 않고 그냥 내쫓아 버린다는 점이었다. 그래서 당시 D시의 문화계 사람들 사이에는 다음과 같은 말이 한동안 인사가 된 적도 있었다.

"니, 염불 코 묵어 봤나?"

"니, 염불 술집에서 멫번 쫓기났노?"

간판도 붙이지 않았던 염불의 그 술집 이름이 바로 '쉬어가는 집'. 염불에게 전성기가 있었다면 아마도 그때가 아니었을까…… 나이 고하를 막론하고 자신의 마음에 들지 않은 사람이면 가차 없이 내쫓아 버릴 수 있던 권력을 가졌던 그 시절이……

무불이 죽은 지 십여 년 후, 낙향했던 천불도 폐암으로 열반에 들었다. 그러니까 이제 팔순이 코앞에 닥친 물불만 세상에 남았다. 그러나 이 부처도 사람들 사이에서 모습을 감춘 지 이미 오래되었다. D시의 재경 문우회 명단에는 지금도 유일하게 물불만 주소불명이다.

아무튼 무불도 죽고 염불도 죽고 천불도 죽었다. 지금은 연락두절인 물불도 언젠가는 그렇게 세상을 뜰 것이다. 그렇다, 인생무상(人生無常) 생자필멸(生者必滅). 인생은 한결같지 않고 산 것은 모두 죽는다…… 진불(眞佛) 붓다도 이미 옛적에 죽었다.

제3부

초대 글
함께한 고향 문우들

보리회

내
문학의
요람

시

고향 동강리
손수건 한 장

도광의

[시인 · 경산]

고향 동강리 외

도광의

강물 보이는 산에 올랐다
신갈나무 서어나무 사이 오가는
장수하늘소 안 보인다
햇살 반쯤 낯설게 쏟아졌고
햇살 반쯤 낯설지 않았다
멀지 않은 어제만 해도
모래 반짝이는 양철지붕이었는데
속눈썹 긴 소녀 보이지 않는다
아픈 사람은 자기 눈으로 세상 본다는데
산허리 구절초 명주실로 늙어 버렸고
환한 나팔꽃 시절을 담고 있다
바람이 흔들며 지나는 풍경에는
어제의 강물 빛나고 있다

손수건 한 장

공산면 백안동 선하 집에 놀러 가서
선하 누나한테 손수건 한 장 받았다
마당에는 누나가 심어놓은
꽃들이 둘레를 이루었고
장독 옆에는 봄에 피는 꽃다지
여름에도 꽃을 피우고 있었다
풀잠자리, 풍뎅이 날아드는 밤
분이 누나 고운 얼굴에 반해
한잠도 못 자고 뒤척이던 기억이 난다
그 후 국문과를 졸업하고
이십오 년 지난 스승의 날
제자 덕윤이한테
만오천 원짜리 손수건을 선물받았다
연분홍 피에르 가르뎅 손수건과
하얀 가제에 노란색 실 수놓은
분이 누나 손수건 사이에는
얼마나 많은 세월이 흘러갔는가
"연분홍 치마가 봄바람에"로 시작해서
"봄날은 간다"로 끝나는 노래 가사에도
친구야, 우리 봄이 오십 년 지나갔다

꽃은 해마다 피고 지는데
일 년에 한두 번 만나는 동창 모임에서
주름진 선하 얼굴 볼 때마다
봄에 피는 꽃다지
여름에도 꽃을 피우는
분이 누나 마음이 아로새겨진
하얀 가제에 노란색 실 수놓은
손수건 한 장 생각난다

기룡산 북쪽 산돌배나무
호랑이 가죽인지 족제비 껍데긴지

이중기

[시인 · 영천]

기룡산 북쪽 산돌배나무 외

이중기

달의 뒤편 같은 기룡산 북쪽 구름공장 산돌배나무에 어깃장 놓으러간
다

백 번을 소스라쳐 굽이치며 화냥기 낭자한 인공 호수 쪽 벚꽃길은 버
리고

소가 쟁기 끄는 산밭 아래 횡계계곡 물소리 옆구리에 차고 가는

이 길은 해방정국 주의자들이 발명한 기룡산 슬픈 북벽(北壁)이다

상형문자처럼 수많은 어휘를 가져 슬픔이 깊은 사람도 거기 흘러가
산다

두 벽을 통유리로 세운 집 비밀정원으로 떠돌이별 불러 밥상 차려주
는 사람

가시 오밀조밀한 엄나무 몇 그루쯤 품었을 것도 같이 수줍음이 많아

그 여자 사람이 멀찍이 두고 끔찍한 산돌배나무가 지금 막

삼백쉰여덟 살 자궁으로 뭉실뭉실 밀어내는 연금술인 뭉게구름의 저
순결한 폭발!

하염없이 몰려오는 수만의 꿀벌 잉잉대는 소리로 산돌배나무는 거대
한 거친물결구름이다

저 거친물결구름이 해방정국 누군가가 북명(北銘)해놓은 것이라고 나
는 우기고 싶은데

이 구름공장 외상장부에 이름 올려놓고 일곱 해나 시 한 편이 없냐고 눈 흘기며

안내판은 한사코 조약돌이 모래가 되는 삼백오십 년 저쪽을 가리키지만

나는 또 해방정국 산돌배꽃 향기 속으로 지나갔을 한 주의자 떠올리는 것이다

참 악다받게도 그이가 풍찬노숙으로 세우고자 했던 것이 있었다면

슬픈 내 어깃장이야 산돌배나무 연금술인 뭉게구름이라고 막 우기는 것이다

호랑이 가죽인지 족제비 껍데긴지

청송이라 파천면 왕평 무덤 근방 진보 객주문학관 곁방살이하던
하근찬 소설가 유품 인수해 온 영천시가
시립도서관 2층 유리 상자에 시무룩하게 전시해놓은
1972년판 정음사 초판본 『수난이대』 껍데기,
목차 절반에 판권지만 달랑 남은 것과
펜으로 5번까지 순번이 매겨져 있는 목차에 저자 후기와 판권지만 남
아
납작해진 『수난이대』 호화양장본 얄따란 표지 두 개,
볼 때마다 목구멍에 가시가 돋아
단편소설 열한 편 묵직한 그 책 구해 시립도서관 갖다 주고
호래이 가죽인지 쪽제비 껍데긴지 모를 호화양장본 껍데기는 가져왔
다
원고지에 다시 쓸 번거로움 피할 요량이었겠지 아마도
출판사 여기저기 칼로 삐져주다 다 파먹어 폐허가 된 수난의 책,
살꼬기는 푸줏간마다 갈고리에 걸어주고
빈껍데기만 달랑 남은 호화양장 『수난이대』 표지 두 개,
큰아들이 자리 잡은 미국 가서 살려고 한국을 정리하던 작가 부인이
영천시에다 남편 유품 기증 제안했다가 거부당하자
객주문학관에 보내 셋방살이 눈총 심했던 1960년대 한국단편문학 고
갱이

「나룻배 이야기」「흰 종이수염」「왕릉과 주둔군」「삼각의 집」「족제
비」들 두루 품었던
  호래이 가죽인지 쪽재비 껍데긴지 알 수 없는 호화양장본 표지

뻐꾹새 울지 않는 봄
흔적

장운기
[시인 · 상주]

뻐꾹새 울지 않는 봄 외

장운기

남산 오르는 길
흐드러지게 핀 벚꽃
도심의 불빛 따라 하모니를 이루고 있다.
연인들은 꽃이 질 새라
밤을 새워 꽃비를 맞으며 축제의 향연을 즐기고 있다.

지난해에도 피고 진 벚꽃이다
내년에도 어김없이 꽃을 피워낼

멀리서 고향 뻐꾹새 울음소리가 들린다.

뻐꾹새 울음소리에 연노란 감꽃은 피어나고
청보리가 익어가는 고향

앞산 진달래꽃 새참 삼아
땅거미 몰려오는 쟁기, 지게에 짊어지고
누렁이 황소 몰고 돌아오는
농부의 무거운 발걸음에 워낭소리만 들려온다.

흔적

깨어지는 것은 아름답다

억겁의 바람에
깨어지고 부서진 흔적
흩어지고 상처 난 세월
불의 신은 그 아픔을 녹아내어
영겁의 생명을 탄생한다

깨어지고 부서진 바람의 흔적을

곰배

정서윤

[수필가 · 포항]

곰배

정서윤

아무리 예쁘게 보려 해도 볼품이 없다. 뭉텅한 나무토막에 긴 자루 하나를 쿡 박아놓은 저 물건! 슬쩍 봐도 못생겼다. 자세히 보면 더욱 못난이다. 사람이든 연장이든 인물보고 평가할 것은 아니지만, 못난 건 못난 것이다.

나의 어릴 적 별명은 곰배였다. 별명이 곰배인데 사람들은 이름인 양 곰배라 불렀다. 내가 엄마 뱃속에서 이 풍진 세상으로 나올 때 도대체 어떻게 생겼었기에 곰배라는 별명을 얻었을까? 내 기억조차 없는 증조할머니께서 저 물건의 이름을 내게 별명으로 붙여주고 세상을 뜨셨으니, 어디 물어볼 곳도 없어 답답할 노릇이다.

초등학교 가서도 이름은 출석부에 올려놓고 곰배를 명찰처럼 달고 다녀야 했다. 그건 순전히 윗마을에 살던 반장 글마 때문이었다. 글마는 멀쩡한 내 이름 대신 늘 곰배라 불러 내 심기를 건드렸다. 하도 분하고 원통해서 막내 고모에게 하소연을 했다. 고모는 그런 내 마음을 아는지 모르는지 웃으며 자근자근 설명을 해 주곤 했다. 어른들이 귀여워서 그런 별명을 준 거라고. 잘생긴 아이를 못난이라 부르는 것처럼 예쁘다는 말을 거꾸로 한다는 것이다. 고모의 말을 굴뚝같이 믿으려 했으나 곰배는 철이 들 때까지도 떨쳐버릴 수 없는 나의 콤플렉스였다.

고향집에 들렀더니 어머니가 무를 파 가라고 하신다. 담 밑에 깊숙이 묻어둔 무 구덩이를 파내려고 호미를 찾으러 광에 갔다. 얼마 전까지 농사를 거들던 농기구들이 천덕꾸러기가 되어 광을 지키고 있었다. 흡사 무겁게 짊어지고 온 삶을 부려놓고 동구 밖에 외롭게 앉아있는 촌로들의 모습 같았다. 어머니는 처신이 궁색해진 연장들을 당신이 입다 벗어 놓은 철 지난 옷가지들처럼 소중히 갈무리해 두었던 것이다. 컴컴한 창고 안을 더듬더듬 둘러보고 있는데 불현듯 내 어깨를 툭 치는 것이 있었다. 곰배였다.

보리밭은 사라지고 사람들도 떠나고 없는데 곰배는 오랜 유배를 풀고 밭으로 나가 보리를 묻을 태세다. 나는 못 볼 것을 본 것처럼 아무짝에도 쓸모가 없는 주제에 하며 속으로 비웃으니, 곰배가 받아친다. "실체는 보지 못하고 허상만 보느냐"고 못생긴 것이 허상만 쫓아온 나를 되레 한방 먹이려 한다. 잠재의식 속에 아직도 어릴 때 느낀 열등감이 자리하고 있었던 모양이다. 서투른 목수 연장 나무라듯 내 못난 탓을 곰배에게 떠넘기려 하고 있다. 녹록치 않은 세상을 살아오다 만난 상처들을 그렇게 곰배에게 분풀이하고 싶었는지도 모른다.

내가 태어난 고향은 기름진 땅이나 논은 많지 않으나 큰골에서 발원한 참샘이 사철 흘러내렸다. 마을 뒤 황토 언덕을 오르면 제법 널찍하게 초원이 펼쳐졌다. 먼 옛날 사람들은 그 넓은 땅을 보고 터전을 잡았으리라. 그러나 땅이 너무 척박해서 다른 농작물은 부치지 못하고 보리만 무성했다. 지척에 있는 바다 위를 질주하던 바람은 심심하면 산을 넘어와서 보리밭에 파도를 일으켰다. 앞산 뻐꾸기 피 울음 토하는 배고픈 오월은 느릿느릿 뒷걸음질을 치고, 아이들은 익지도 않은 보리밭 사이를 서성거리면 현기증이 났다. 샘물에 꽁보리밥 말아먹고 배가 부르면 현기증이 사라졌다.

보리가 가난한 시절의 주식이었던 것처럼 곰배는 긴 세월 동안 척박한 땅을 일구며 살아온 사람들과 애환을 함께 해 왔다. 보릿고개 허기진 길을 함께 넘어온 지난한 세월의 동반자인 것이다. 다양하게 쓰이는 다른 농기구와는 달리 곰배는 보리를 묻을 때 외는 그 소용이 있으나 마나한 희미한 존재다. 흔하게 굴러다니는 나무토막에 자루 하나 끼워 넣었으니 처음부터 잘생긴 것하고는 담을 쌓은 것이 곰배다. 그러나 세상만물은 못나도 저마다 쓰임새가 있는 법. 호미가 제 아무리 날렵해도 흙을 파헤치거나 할 뿐, 흙을 부드럽게 부수어 보리를 묻을 수는 없는 것이다.

곰배는 땅을 일구는 대신 일구어 놓은 땅을 다지는 데 쓰였다. 파헤쳐지고 갈아엎어진 흙을 부드럽게 다독여 준다. 그럴 때 곰배는 어머니의 손과 같다. 살면서 상처받고 힘든 자식들의 눈물까지 토닥거려 주는 어머니와 같은 것이다. 속이 뒤집힌 밭고랑을 토닥토닥 두드려 달래고 어르는 곰배의 역할을 다른 농기구는 할 수 없는 일이었다. 한 번도 자신을 내 세운 적 없으면서 뒤에서 묵묵히 제 일을 해내는 곰배의 역할이 있었기에 우리는 배고프고 힘든 시절을 넘긴 것이다.

이제는 누가 봐도 한물 간 연장이 되어버린 곰배. 한때는 융숭한 대접을 받았다. 집집마다 농기구를 모아두는 헛간을 들여다보면 식구 수보다 더 많은 곰배를 벽 쪽에 줄 세워 놓았을 때다. 보리밭에서 사람들의 손놀림이 바빠질 때는 자루가 반지르르하도록 윤이 났다. 헛간에 걸린 곰배의 수를 보고 하염없이 배가 부른 적도 있었다.

세상에는 팔십억에 가까운 사람들이 살고 있는데, 마음을 들여다보면 하나같이 자신이 못났다고 생각하는 사람은 없을 거라고 어느 성직자는 말했다. 모두가 자신이 잘났다는 마음으로 산다는 것이다. 곰배라는 유년의 내 별명은 못생겼다는 피해의식으로 마음 한 구석에 자리 잡았던 모양이다. 곰배라는 말만 들어도 목에 가시처럼 걸렸던 것이 잘났다는 한마음 때문이란 걸 이제 알 것 같다.

세월은 눈 깜빡할 사이에 나를 여기까지 데려왔다. 요즘 유행하는 우스갯소리로 성형수술 한 여자나 하지 않은 여자나 별반 차이가 없다는 육십대의 여자로. 이쯤에서 평생 품고 온 열등감 따윈 과감히 내쳐야 할 것 같다. 아무런 죄도 없이 내게 원망만 들어먹은 곰배와도 이제 화해를 해야겠다. 증조할머니가 내게 곰배라는 별명을 유언처럼 남겨주신 것이 단순히 못생겼기 때문만은 아닐 터이다. 내 허물은 감추고 남의 허물 뒤집는 것이 사람의 묘한 심리일진대, 남의 허물 덮어주기가 곰배처럼 그리 쉬운 일은 아닌 것이다.

이제 더도 덜도 말고 곰배만큼만 살아야겠다. 흙의 가슴을 가만히 덮어주고 그 흙속에서 푸른 보리가 자라도록 갈무리해 주는 곰배의 역할이야말로 너나없이 저만 잘났다고 하는 이 세태가 본받아야 할 훌륭한 가치가 아닐 수 없을 것이다. 그러므로 나는 이제 누가 곰배라 불러달라고 은근히 부탁이라도 하고 싶다. 곰배의 묵묵하고 헌신적인 삶이 내 삶이었으면 하고 바라기 때문이다.

4번 국도에서

황명강

[시인 · 경주]

4번 국도에서

황명강

매화나무가 환하게 꽃을 피운 채 창가에서 서성거리고 있다.

며칠 전까지만 해도 나뭇가지를 흔들던 찬바람에 꽃망울이 얼어붙어 바스러질 것만 같았는데, 저 꽃송이들 내리막을 달리는 자전거라도 따라나설 듯 모두 일어서 있다.

이때쯤이면 가끔, 무한 계절의 바다에 표류하는 나의 그림자와 마주한다.

무더위 속에 있으면 두 번 다시 겨울이 오지 않을 것 같았고 찬바람 속에서는 더 이상 뜨거운 태양을 만날 수 없을 것 같아 두려웠었다.

그러나 두려워 허둥대는 나의 반대편에는 어김없이 계절이 돌아왔다 봄 여름 가을 겨울 그리고 봄.

목이 타도록 그리운 나의 시간들도 이렇듯 가고 오면 얼마나 좋을까 생각하며, 영춘화 매화꽃이 늘어서 있는 길을 나서보기로 한다.

서천교에서 내가 자란 고향 건천까지 이어지는 2차선 국도는 여전히 속도제한 60km에 묶인 채 느리고 어눌하게 달리고 있다.

전북 부안에서 시작돼 충청남도, 대구, 경상북도 경주 감포항에 이르며 우리나라 국토를 동서로 횡단하는 중요한 교통축이 되어온 4번 국도는 모든 구간이 4차선 이상으로 확장되었다. 그러나 다행히도 나와의 추억을 공유하는 서천교, 서악, 율동, 모량, 건천 구간은 2차선 국도가 아직 그대로 남아있다.

어머니의 보랏빛 벨벳치마저고리, 코티분 향기가 아버지를 설레게 했을 두 분의 경주시내 나들이는 4번 국도가 유일한 길이었다. 사진이 없으면 윤곽마저 희미해져가는 부모님이 그리워질 때, 어깨가 시리도록 삶의 무게가 버거워지는 날엔 한적한 이 길에서 오르골 인형처럼 수십 번씩 그리운 이름들을 불러모은다.

시인, 수필가 몇몇이 살고 있는 이곳 선도산 자락 서악동 소티고개를 넘어 모량리에 들어서면 좌측으로 경주가 자랑하는 시인 박목월 선생의 생가로 향하는 이정표가 나온다. 어린 국민학생이었을 목월 선생님이 걸었던 길, 경주금융조합에 근무하며 시를 쓰던 청년시절의 선생이 걸었을 이 길을 오가며 꿈을 키운 문청들이 여럿 있었을 것이다.

이곳을 지나 금척리 고분군 부근에 이르면 도로 우측에 이근식 선생의 시비 '고분공원에서'가 눈길을 끈다. 이근식 시인은 현대시학에 박목월 선생의 추천으로 등단해 문단 활동을 하셨고 많은 문학 제자들을 배출하셨다.

문향 그윽한 이 길에는 찬바람이 무색하게 부지런한 꽃들이 조금씩 고개를 내민다.

어느 덧 건천 읍내에 이르면 사거리 지나 우측에 아담한 건천초등학교가 나타난다.

2021년에 개교 100주년 기념행사를 하고, 목월 선생님 특집과 출신 문인들의 글이 실린 100년사 책을 낼 만큼 오랜 역사의 건천초등학교

교정에는 '윤사월' 시비가 서 있다.

6회 졸업생인 목월 선생님, 이근식 선생님, 박동규 교수님, 황순희 선생님 그리고 나의 모교인 건천초등학교는 경주시내가 아닌 읍내의 크지 않은 초등학교지만 문학을 중요시하고 아이들에게 독서를 권장하던 매우 독특한 분위기를 갖고 있었다.

초등학교 5학년 때 경주 황성공원에서 목월백일장이 열렸는데 전체 참가자 가운데서 1등인 최고상을 받았었다. 그때 목월 선생님은 육필로 쓴 상장을 직접 수여하시면서 어깨를 다독여 주셨다. 학교의 밴드가 앞장서고 지금 내가 서 있는 큰길을 카퍼레이드했던 기억, 지극히도 사랑을 주셨던 할머니와 목월 선생님은 육촌지간이셔서, 할머니께 늘 말로만 듣던 유명한 시인을 직접 만난 것이 오늘까지 시의 곁에 머물고 있는 까닭이기도 하다.

건천초등학교 앞 농협사거리에서 좌측으로 굴다리를 지나 올라가다 보면 참으로 그리운 이름이 떠오른다. 이제는 우리 곁에 없는 수필가 황순희 선생님의 옛 과수원집 자리가 그곳에 있다. 고향 후배라고 많이도 사랑해 주셨는데, 어느 날의 동행에서 고향집의 사과꽃과 초승달에 대해 소녀처럼 고운 추억담을 들려주셨다.

황순희 선생님은 수필을 시처럼 쓰는 분이었다. 일반적인 수필가의 문체가 아니라 매우 은유적이고 단단한 문장들이 보석처럼 박혀있는 글을 쓰셨다.

작품을 많이 생산하지는 않으셨으나 문학작품에 대한 엄격한 잣대는 직설적이었고 정직함이 돋보였다. 그런 연유로 후배 문인들은 선생님을 잘 따랐지만 어려워하기도 했다.

주부이자 어머니로서의 일상이 수필이었다면 황순희 선생님의 삶 전체는 번뜩이는 시어들로 연결된 한 편의 빛나는 시였다.

누구나 자신에게 손을 내밀면 아낌없이 내주었지만 아까워하는 일이 없던 사람.

본인이 귀하게 여기는 것, 맛있는 것, 상대가 갖고 싶어 하는 것을 주저 없이 내어주면서 그가 마음 다칠까 까만 속눈썹을 깜빡이며 환하게 웃어주던 분이었다.

사과꽃처럼 하얀 그 웃음이 많이 보고 싶어지는 날이다.

긴 생을 살다보면 누구나 자신만이 간직하는 소중한 것이 있다.

은밀하게, 때로는 비가 내리는 늦은 밤에도 찾을 수 있는 이곳 4번 국도는 지울 수 없는 내 마음의 일기장이다.

계절과 계절 사이의 행간을 따라 오늘도 4번 국도는 느리게 느리게.

보리회

내
문학의
요람

시

틈에다
감꽃

노명석

[소설가 · 대구]

틈에다 외

노명석

틈에다
눈을 굴리면
바다 같은 파아란 하늘 열리고

숨을 죽이면
내 가슴 방망이질하고

사르르 귀를 대면
그리운 노래 들리고

눈을 감으면
훨훨 끝없는 나비가 되어
겨드랑이엔 보랏빛 명상의 날개가 돋아……

감꽃

가지 끝으로

겨울 지심地心 가득히 봄물이 고여

마을 둘러 방울방울 여울에 진다.

아이들은 물을 손바닥에 얹어 목걸이를 만들며

겨울 가난했던 꿈을 떨고

순이는 물 위에 그리움을 띄워 보낸다.

두 대의 양말 기계가 놓인 풍경

김준성

[소설가 · 대구]

두 대의 양말 기계가 놓인 풍경

김준성

　내가 어떻게 해서 두 개의 야망을 한꺼번에 갖게 되었는지 나 자신도 알 수가 없다. 그것은 고등학교를 졸업할 무렵 이미 내 인생 행로를 밝힐 반딧불 불씨로 내 속에 잉태되어 있었는지 모른다. 소설을 쓴다는 것과 기업가가 되겠다는 외견상 상반된 야망이 늘 나를 따라다녀 오늘을 있게 할 줄은 상상도 못할 일이었다. 이 두 가지 야망은 내 인간 형성에도 지대한 영향을 끼쳐왔다.

　나는 15년 동안 은행원 생활을 하면서도 소설가의 꿈을 버리지 않았다. 그러다가 1953년 서른네 살에 기어코 처녀작 「닭」을 발표했다. 내 문학이 우리말을 빼앗겼던 일제 식민지 시대의 설움에서 비롯되었다면 기업가가 되겠다는 것도 나라가 얼마나 가난한가를 알고 경제를 일으키는 것은 기업밖에 없다는 신념에서였는지 모른다. 그러나 기업가가 되겠다는 야망은 소설가가 되기보다 더욱 가망이 없는 일이었다. 기업이란 경험과 자금이 필요한 사업이었기 때문이다. 일정한 규모의 자금 없이 기업을 하겠다는 생각은 애당초 어불성설이었다.

　내가 무모하게 고물 양말 기계 두 대로, 살던 집 아래채를 공장으로 개조해서 가내 공업을 해보자는 결심을 하게 된 것은 섬유 공장을 경영하고 있던 친구의 도움에 의해서였다. 그것도 그의 자의에 의한 권고가 아니었고, 나의 끈질긴 강요에 의해 그로 하여금 나에게 양말 기계 두

대의 공장 경영을 권고하게끔 했던 것이다. 그 당시 양말 기계란 일본 사람들이 버리다시피 하고 갔던 고철이 고작이었다. 뼈대만 앙상한 양말 기계 두 대를 들여놓고 모자라는 부속은 철공소에서 만들어 조립을 해야 했다.

처음 양말 공장 기계를 돌리던 날 밤이었다. 공장에서 밤을 새다 새벽 녘에야 밖으로 나왔다. 마침 중천에 교교한 보름달이 떠 있었다. 마루에 걸터앉은 내 눈에 공장 창 너머로 두 대의 양말 기계가 놓여 있던 풍경을 지금도 잊을 수가 없다. 나는 마치 양말 기계 한 대를 타고 하늘을 나는 꿈을 꾸고 있는 것 같았다. 그것은 퍽 상징적인 암시였다.

당시 면사는 배급제였고, 시중 시세는 배급가보다 비싼 가격으로 거래되고 있었다. 메리야스 제조 업자들은 제품을 만들어 팔기에는 이문이 적었기 때문에 거의 배급받은 면사를 시중에 내다 팔고 상품 생산을 적게 하였다. 나는 이 점에 착안하였다. 양말 도매상들은 상품 구하기가 어려운 때였다. 이문이 적은 줄 알면서도 배급 면사에다 비싼 시중 면사까지 보태어 거래선에 양말 공급을 정성을 다해서 했었다. 고물 기계였지만 제품의 품질 면에도 정성을 쏟았다.

저녁 6시에 퇴근하면 바로 공장에 들어가 밤 12시가 되어서야 겨우 안채로 돌아와 저녁밥을 먹었다. 일 년이 채 안 되어 기계는 10대로 늘어났다. 그리고 양말의 품질에 관해서는 전국적으로 '칠복양말' 상표가 최고라는 인정을 받았다. 전국 각지 도매상으로부터 주문이 쇄도해서 생산이 따라가지 못할 정도였다. 하루 24시간 연중 무휴로 공장 가동을 해도 공급이 달렸다.

공장을 옮겨야 했는데 다른 곳으로 옮겨가기에는 직장이 걸림돌이었다. 다행히 내가 살고 있던 동네 이웃집 서너 채를 시세보다 비싸게 사들일 수 있었다. 50평밖에 되지 않았던 주택 겸 공장을 불과 3년 사이에 공장 면적을 300평으로 늘릴 수 있었다. 지금부터 50년 전의 일이었기에 믿어지지 않겠지만 그땐 우리나라 섬유산업의 태동기였다. 한 동의 공장에서는 양말과 메리야스 직조를 했고, 다른 한 동의 공장에서는 원료인 나일론사를 직접 가공했다.

1960년, 공장을 교외로 옮겼다. 공장 부지 2,000평, 기계류 200여 대, 염색 가공 시설, 원사 가공 시설 모두 해서 전국 3위의 양말 공장으로 성장했다. 주택 아래채를 허물어 고물 기계 2대로 시작했던 가내 부업이 6년 만에 전국 규모로 성장했던 것이다. 그 당시 양말 기계나 메리야스 직포 기계는 거의가 영국제나 독일제가 주류였다.

공장을 교외로 옮겨가자 직장을 그만둘 수밖에 없었다. 전문경영인으로서 기업 경영에 전념하기 위해서였다. 최신 양말 공장으로 발전하기까지 누구의 지원, 심지어 은행 차입에도 의존하지 않았다. 그만큼 운이 좋았던 것이다. 그러나 나의 기업가 정신이 철저했던 것도 사실이다. 성공의 요체는 기업 경영에 대한 끊임없는 노력과 새로운 아이디어 개발, 그리고 제품에 대한 대외적인 신용이라 생각한다. 그 후 경북 메리야스 협동조합의 이사장, 대구상공회의소 부회장 그리고 대구은행의 창립자이자 대구은행장 자리에 올랐는데, 따지고 보면 이 모든 게 양말 기계 두 대에서 비롯된 것이었다.

제일은행장에 발탁되자 부득이 큰아들에게 맡겨 두었던 공장을 팔게 되었지만, 내가 대구에서 그대로 섬유산업을 계속했더라면 내 사업이 어떻게 발전했을까 상상해보기도 한다. 나의 성격으로 섬유업에만 매달려 있지는 않았을 것이다. 어쩌면 더 큰 세계적인 IT업종 같은 것을 창업했을지도 모른다.

안동 전투와 6 · 25의 추억

정소성

[소설가 · 봉화]

안동 전투와 6 · 25의 추억

정소성

지금 6 · 25를 추억하는 것은 어쩌면 부질없는 일인지도 모르겠다. 그것은 오래전에 현실성을 잃고 한낱 흘러간 세월 속의 사건으로 편입되어 버리고 말았다. 풍전등화 같았던 대구가 어떻게 견디어 낼 수 있었으며, 맥아더의 비밀지령에 의해 추진되던 최우수 2개 사단, 시민 10만 명 극비 해외기지 이송계획이 어떻게 중단, 취소되었는가를 살펴보고 싶다.

안동 전투는 대구 사수라는 측면에서 직접적인 관련이 있다. 대구가 무너지면 대한민국은 무너지는 것이다. 대구 사수의 전초선은 물론 국군 1사단이 맡고 있는 다부동 전선이다. 그러나 안동 전투도 그것에 못지않게 중요하다. 적의 주력이 태백산맥을 타고 내려오고 있었기 때문이다.

안동 전투에 투입된 적은 8사단과 12사단이었다. 한국군 사단은 8사단과 수도사단의 일부였다. 안동 전투의 특징 중 하나는 전쟁 초기이기 때문에 미군이나 중공군의 개입 없이 순수 한국군과 북한군의 싸움이라는 사실이다. 낙동강의 시원점은 안동이고, 연합군의 대반격 작전 준비를 위해 '공간은 내어주고 시간은 벌어야 하는' 개전 초기의 지연 전술에서 안동 전투는 대단한 중요성을 가지고 있다. 소위 말하는 '소백산지연작전'이 그것이다.

전쟁 발발 시 우리 가족은 부석지서 주임을 하시던 아버지가 지리산 전투경찰 공비토벌대에 차출되어 가시고, 우리 가족만이 지서장 사택에서 살고 있었다. 소백산 일대가 적화되고 나서 우리는 억수처럼 내리는 빗줄기를 뚫고 부석면 사람들과 함께 피난 대열에 끼었다. 적의 대구 정면 공격이라고 할 수 있는 다부동 전투에서 무너진 북한군은 방향을 틀어 영천 전투에서 대구 측변 공격을 시도했다. 주력이 안동 전투를 이끌었던 적 8사단이었다. 대구와 부산을 겨냥한 적의 경주 침공 시 주력 또한 안동 전투의 주력이었던 적 12사단이었다. 당시 양군의 포진 상태는 전사에 잘 기록되어 있다. 적 12사단이 영주, 풍기, 내성에서 안동의 도로를 따라 남하하고 있었고, 적 8사단은 예천으로 우회하여 그곳을 지키고 있던 우리 수도사단을 위협하면서 우리 8사단의 퇴로를 차단하려 하고 있었다.

한편 동해안을 따라 남하한 적 5사단 병력의 일부와 동해안으로 침투한 적 766 게릴라 부대는 안동을 동 측방에서 포위하고자 했다. 한국군 1군단(군단장 김홍일 소장)은 전쟁 발발 한 달째인 7월 25일 안동농림학교에 사령부를 설치하고 수도사단(사단장 김석원 준장)과 8사단(사단장 이성가 대령)으로 하여금 안동 방어를 시도하고 있는 형국이었다. 1군단이 안동 방어를 책임지고 있었으나 주력은 8사단이었다. 그러나 우리 8사단 안동방위전선은 7월 30일 개시된 적의 공격으로 무너지고, 사단과 군단 사령부는 안동 시내를 버리고 강의 북안으로 후퇴하여 안동 방어를 위한 최후의 저지선을 폈다. 7월 31일, 적은 위력적인 T-34 전차 4대를 앞세우고 연대 규모의 병력으로 이 저지선을 뚫으려 했다.

김홍일 군단장은, 수도사단 1연대를 안동 외곽으로 이동시켜 안동 사수를 위해 8사단과 협력하도록 했다. 그때까지 8사단은 수도사단 일부

병력과 함께 소백산 지연작전의 핵심인 안동 사수를 어려운 전투 여건 하에서도 그런대로 수행하고 있었다. 문제는 그다음이었다. 당시 한국군 작전권을 가지고 있던 미8군 사령관 워커 중장은 낙동강 전선에서 반격전을 효과적으로 실시하기 위해 전 전선의 축소를 구상하였고, 그의 구상에 의해 상주 방면에 주둔하고 있던 미25사단을 전주 방면으로 이동시킴과 동시에 한국군 1군단, 2군단에 낙동강 이남으로 전술적인 후퇴를 명령한 것이다. 전선을 축소함으로써 타격의 효과를 극대화하여 적을 괴멸하자는 전술이었다.

철수 완료 시간은 이튿날인 8월 1일 미명까지였다. 시간이 너무 촉박하였다. 이것이 문제였다. 미 명령이 하달된 것이 7월 31일, 오후 7시였다. 10시간 정도의 시간적인 여유가 있을 뿐이었다. 당시 1군단 사령부는 안동 남쪽 50km 지점인 의성군 단촌에 있었다. 미8군 사령관의 명령이 영어로 되어 있었고, 전략지시도인 축적도의 해상도가 낮아 명령을 해석하는 데 시간이 많이 소요되었다. 군단 참모장(최덕신 대령)은, 8사단 참모장(최갑중 중령)과 수도사단 참모장(최경록 대령)을 불러 모으는 데도 많은 시간이 걸렸다. 적의 세력이 우세한 전투 지역이기 때문이었다. 워커 중장의 명령서에는 한국군의 철수로가 안동 인도교로 되어 있는데, 민간 피난민들의 수용은 어떻게 할 것이며, 아군의 전원 철수는 어떻게 이룩할 것인가가 토론의 주안점이었다. 사단 간 의견이 일치하지 않아, 8월 1일 오전 2시가 되어서야 군단장의 중재로 간신히 철수 계획이 수립되었다.

수도사단의 엄호 아래 8사단이 먼저 다리를 건너는 것이었다. 이 명령서가 각 사단과 연대에 통보된 것은 이튿날 오전 3시경이었다. 워커가 명한 철수 완료 시간까지는 불과 한두 시간밖에 남아 있지 않았다.

철수 명령서에 의해, 8사단 10연대가 먼저 전선을 벗어나 안동 인도교를 통과하고, 21연대의 일부가 인도교를 통과했으나, 연대 병력의 주력이 강의 북안에 도착하기도 전에 다리가 폭파되고 말았다. 그러니까 21연대의 대부분과 16연대의 병력이 퇴로를 잃은 것이다. 적의 강력한 기관총이 불을 뿜었다. 장병들은 물속으로 뛰어들 수밖에 없었고, 대부분의 장병들이 적의 조준 사격으로 수장되는 참극이 발생하였다. 그것은 처참한 집단 학살의 참극이었다. 전사에서는 이 전투에서 전사한 아군의 숫자를 사병 814명, 장교 21명으로 적고 있다.

소백산 지연작전을 안동에서 7일간이나 성취함으로써 대구 함락의 위기를 넘기는 데 결정적으로 기여했고, 대구 사수의 측면 전투였던 치열한 영천 전투를 승리로 이끈 8사단이지만 안동교 폭파로 한국전쟁사에 씻을 수 없는 오점을 남겼다고 할 수 있다.

필자는 당시 초등학교도 입학하지 않은 여섯 살이었지만 생생한 기억을 가지고 있다. 어머니의 손을 잡고, 우리는 아버님의 지시로 며칠 전 안동교를 지나 대구로 피난길에 나섰다. 부석-우구치-옹천-안동교로 이어지는 피난길에는 웬 비가 그리도 많이 쏟아지던지. 안동교 폭파 후에는 이곳을 지날 수 없었을 것이며, 우리는 적 치하에서 군경 가족으로서 죽음을 면치 못했을 것이다. 우리 가족은 영천 북방 보현산 전투에 참여하고 있던 아버님의 주선으로 영천군 자천면에 자리를 잡았다. 보현산의 산영이 짙게 드리워진 산간 소읍이었다. 아버님은 이 지역의 지서주임으로 부임해 오셨다. 적 게릴라 부대의 야간 기습으로 면소재지가 불바다가 되는 참화를 겪었다.

나는 자천면에서 초등학교에 입학하였다. 탈향문인이라 하여 봉화문

협에서 문집을 낼 때에 나에게도 가끔 청탁이 오더니 요즈음에는 그런 연락도 없는 것 같다. 아마도 문집을 내지 않는 듯하다. 영주작가회의에서 재작년인가 문학 강연을 해달라고 해서 아내와 함께 내려가 하룻밤을 보내면서 고향의 문인들과 어울렸다. 후배들이 잡아주는 호텔에서 하룻밤을 지새우니 60년도 더 전의 가슴 아린 전쟁의 추억이 온밤 반추되었다. 가슴에 서린 피비린내 나는 전쟁 이야기를 어떻게 고향의 후배들에게 다 할 수 있었겠는가. 영주작가회의 회장인 박승민 시인의 승용차를 타고 부석지서의 구지를 찾아보았다. 놀라운 일은 사변 발발 시 우리 가족이 살았던 일제식 가옥이 그대로 보존되어 있다는 사실이었다. 지서 구지에는 번듯한 면사무소 건물이 들어섰는데, 그 한옆으로 지서 주임 사택은 헐리지 않고 그대로 보존되어 있었다. 영주 · 봉화 · 안동, 나의 혈족들이 흩어져 살았던 나의 고향이다. 이제는 혈족들이 전부 탈향하여 찾아가도 하룻밤 묵을 데도 없다. 그러나 마음속에는 6 · 25의 추억과 함께 나의 영원한 고향으로 남아 있다.

산문

밥

김여하

[수필가 · 의성]

밥

김여하

흔히 사람들은 별생각 없이 밥 먹으러 가자고 한다. 아무렇지도 않게 지나가는 말로 인사치레로 그냥 '밥'이나 먹으러 가자고. 그러나 나는 그렇게 쉽고 당연한 '밥이나 먹자'를 길 가다가 만난 빈 깡통 차듯이 할 수 없다. 내가 먹어서 안 되는데 먹어버린 수많은 '밥'. 내가 먹고 싶었으나 못다 먹은 더 많은 '밥'들의 하소연 때문에.

엎드려서 보던 세상을 서서 보니까 신기한 것이 필설로 형언할 수 없을 만큼 많던 타박네는 젖도 곯았고 밥그릇도 얕았다. 친구들의 빚보증과 화폐 교환으로 인해 하루아침에 알거지가 되신 아버지는 얼음장 같은 윗목에 쪼그리고 앉아 한숨만 내쉬었고, 엄마는 냇가에서 죄 없는 서답만 방망이로 죽어라고 두드렸다.

가랑이 찢어지는 듯한 애옥살이는 언제나 끝날까 기약이 없었고, 아버지의 한숨 소리와 친구들에게 다리아랫소리하기가 빈 쌀독 긁는 것보다 지겨웠다. 어쩔 수 없이 엄마는 십 리 길을 걸어 무태에서 보리이삭을 주우러 다니셨다. 그것으로 풋나물과 묵은 된장국에 넣고 끓여 식구들의 주린 배를 채워 주셨다.

송화가 지고 밤꽃이 향기를 흩날리던 어느 해거름 땅거미가 져도 엄마는 돌아오지 않으셨다. 네 살 터울의 우리 네 남매는 엄마를 찾아서

등까지 붙은 배를 움켜쥐며 무태를 향해서 걸었다. 노을을 등에 지고 집집마다 굴뚝엔 하얀 저녁 짓는 연기가 가마밥솥의 뜨거운 김처럼 피어오르고 어느 집에선가 엄마와 아이들의 웃음소리가 함박꽃마냥 흩어졌다. 꽁치인지 고등어인지 모르는 생선 굽는 냄새와 함께.

무태에 도달했을 때는 거울 같은 달이 별보다 밝았을 무렵이었다. 걷다가 쉬다가 우리는 만나는 사람마다 보고

"우리 엄마 어디 있어 예?"

했지만, 그들이 '우리 엄마'를 그 나이보다 조금 더 늙은 아줌마를 어떻게 알까?

무태에는 금호강을 가로지르는 수백 보 길이의 일본말로 아르방 다리가 놓여 있었다. 기어이 사단이 난 건 구멍이 숭숭 뚫린 그 다리를 반쯤 엉금엉금 기다시피 건너던 작은누이가

"내사 죽어도 못 가겠데이."

하며 대성통곡을 터뜨리고 털썩 무릎을 꿇은 뒤부터였다. 형은 싫다던 누이를 종주먹으로 윽박지르며 건너기를 종용하였지만, 고사리보다 조금 더 굵은 손가락으로 철판의 가장자리를 움켜쥐고 도살장가의 소처럼 다리를 부들부들 떨던 누이는 끝내 일어서지 않았다. 달은 가엾게 우리 정경을 내려보았으나 강물은 나몰라라 무심히 흘러가고, 알 수 없는 두려움에 영문 모르던 나는 작은누이 옆에서 덩달아 목청을 높여 울면서 형의 성화를 돋우고. 마침 지나가던 마음 좋은 분의 도움으로 어찌어찌 다리를 되돌아온 우리 형제들은 백사장에서 그동안의 노고로 강아지 새끼처럼 고개를 처박고 백사장에서 잠이 들어 버렸다. 피 울음 우는 소쩍새 소리조차 들리지 않았다. (잠이 깬 건 엄마의 등에서였다.) 밤이 이슥해서 집으로 돌아온 엄마는 아이들이 그림자 하나 비치지 않자 심장이 몇

는 것 같았다.

"경아! 하이야!"

하고 아들들 이름만 부르며 이 골목 저 삽짝에 불이 났다. 온 동네를 소리 높여 우리 이름을 부르며 코고무신 신발도 잃어버리며 헤맸다. 누가 짜놓았을까? 영화 각본처럼 우리를 다리에서 내려주셨던 그 어진 분이 아이들이 있는 곳을 알려줘서 엄마는 나는 듯이 우리에게 달려 오셨다. 여전히 달은 밝고 소쩍새는 두견화를 찾아 울고.

그날의 여정이 힘들었던지 작은누이는 그 후로 시름시름 앓기 시작했다. 고무줄놀이를 놓치더니 공기놀이도 마다하고 나중에는 기어이 자리보전을 하고 말았다. 아버지는 헛기침 소리만 높이시고 엄마는 부엌에 밥이 끓든지 죽이 넘든지 막내딸 옆에 앉아 병 수발을 들었다. 영문을 모르는 나는 동네 동무들과 매미 잡기, 잠자리 꽁지에 보릿짚 달기에 여념이 없었고.

"하야, 옆집 창섭이 하고 놀지 마래이, 가 참 못 됐대이."

하며 핼쑥한 얼굴로 걱정하던 누이. 그럼 난 고개도 들지 않고 "응" 하고 아버지 말씀처럼 대답만 잘하던 나.

옆방 아이들이 툇마루에서 입가에 밥풀을 묻혀가며 하얀 쌀밥 먹는 것을 보고,

"아부지, 나도 이밥 한번 실컷 묵어봤으면."

하고 애원하던 누이. 이제 아홉 살, 복숭아꽃보다, 살구꽃보다 오얏꽃보다 여리고 예쁘던 그 누이.

누이는 그 흔한 유행 감기로 약 한 첩 제대로 못 쓰고 눈을 감았다. 매미 소리 멎고 감나무 가지가 제 무게를 못 이기고 늘어지던 어느 날 벌떡 일어나서

"어무이요, 머리 좀 빗어 주이소."

라는 말에 다 나은가 보다 하고 뛸 듯이 기뻐한 엄마가 물을 데워 목욕을 시켜 주고 종종머리를 땋아 주었다. 식모살이 간 큰누이가 지난 추석 때 선물한 도투락댕기까지 머리에 묶어 주었다. 하지만 누이는 이를 앙다물고

"엄마도 이젠 필요 없어."

하고는 눈을 감아버렸다.

"이 나쁜 년, 이 못된 년."

하며 식어 가는 누이의 뺨을 야윈 손으로 갈기던 엄마는 끝내 울음을 터뜨리셨고, 맞은 뺨의 아픔도 못 느끼는지 한번 감은 누이의 그 별같이 초롱초롱하던 눈을 다시 뜰 줄을 몰랐다.

생선 담는 가마니에 둘둘 감겨 나무지게에 얹혀서 묻힌 작은누이의 무덤은 경북도청 뒤 수도산 애기 무덤들의 발꿈치도 아니고, 밤늦게 바느질하다가 한숨을 내쉬며 "나무관세음보살" 하던 엄마의 한숨 속도 아니고, 이제는 하늘나라에서 두 분과 만나 행복하실 아버지의 소 울음 가도 아닌, 죄 많은 탓에 땅에 남아, 아직도 흔들거리며 날마다 아르방 다리를 건너고 있는 나의 가슴속 어디쯤이 아닐까.

막내딸을 잃자 아버지는 더 이상 저자에서 버틸 기력을 잃으셨는지 고향으로 낙향하셨다. 향후 5년간 갚아야 할 일수 빚만 잔뜩 짊어지신 채.

아버지는 시골에서 먼 친척집의 머슴살이를 하셨는데 농한기인 겨울이면 땔감을 구하러 십 리 먼 길을 다니셨다.

산새들이 깃을 떨치고 둥지로 돌아오는 황혼녘이면 우리 형제는 마을

뒷산 마루에서 아버지를 기다렸다. 아니, 아버지가 몰고 오는 그 순하고 큰 눈의 암소 목에 걸린 방울소리를 기다렸다. 아니, 아버지가 어깨에 메고 오는 '밥'을 기다렸다. 그 식어 터져버린 '주먹밥'을. 때로는 콩가루로 문힌, 때로는 찌들은 묵은 김장김치와 나란히 어깨동무를 한.

당신께서 목이 말라서, 배가 불러서 못다 먹었다 하시던 그 '밥'들. 철모르고 좋아하며 아우와 나눠먹던 그 '밥'들.

개밥바라기가 질 무렵 산으로 향하여 식은 보리밥 몇 덩이와 짤아 터진 신김치 몇 조각으로 아침을 때우신 후 종일 끼니를 거르셨을 텐데, 그 먼 산길을 소를 몰고 또 지게 짐을 지고 허위허위 늦둥이 두 아들을 위하여 주린 배를 움켜쥐고 오셨을 아버지. 초등학교도 채 졸업하지 못하고 나는 월급도 한 푼 없이 밥만 얻어먹는 이발소의 머리 감겨주는 일부터 시작해서 식당 보이, 다방 주방장 등 별별 일을 다하며 소년기를 보냈다. 그야말로 도둑질 빼고 모든 일하며.

타향살이가 너무 힘들고 지치면 나는 시도 때도 없이 고향집을 찾았다. 때로는 하얀 대낮에, 어쩌다가는 별 총총한 밤중에.

그러면 고향집 개다리소반에는 언제나 나를 기다리고 있었다는 듯이 '밥'이 있었다. 그것도 김이 모락모락 나는 하얀 '쌀밥'이.

엄마는 집 나간 식구가 객지에서 끼니를 굶지 않게 하려면 식사 시간마다 그 사람 몫의 밥을 더 떠놓아야 한다는 어른들의 말씀에 따라 끼니 때마다 내 몫의 밥을 여분으로 지으셨던 것이다. 식으면 당신께서 드시고.

아직도 나는 늦깎이 공부 덕택에 학교 도서관 앞 수돗가에서 빈 배를 채운다. 지금은 하늘나라 어디쯤에서 예의 손때 묻어 반질거리는 가마솥에다가 내 더운밥을 짓고 계실 손 거칠고 맘씨 고운 우리 어머니. 언제나 엄마 곁에 가서 그 까끌까끌한 보리밥을 열무김치에 쓱쓱 비벼 꿀맛같이 먹어 볼꼬.

보리회 내 문학의 요람

문동文童이들의 귀향

1쇄 발행일 | 2023년 05월 25일

지은이 | 김원일 김주영 홍상화 오양호 유만상 박덕규 외
펴낸이 | 정화숙
펴낸곳 | 개미

출판등록 | 제313 - 2001 - 61호 1992. 2. 18
주소 | (04175) 서울시 마포구 마포대로 12, B-103호(마포동, 한신빌딩)
전화 | (02)704 - 2546
팩스 | (02)714 - 2365
E-mail | lily12140@hanmail.net

ⓒ 김원일 김주영 홍상화 오양호 유만상 박덕규 외, 2023
ISBN 979 - 11 - 90168 - 60 - 1 03810

값 17,000원